엄마를
미워해도
괜찮아

엄마를
미워해도
괜찮아

·

김윤담

1. 엄마를 미워합니다

2. 엄마보다 나은 엄마일까

3. 엄마를 버렸고, 나를 찾았고

가정 안에서 일어나는 정서적 학대는 가하는 사람도, 당하는 사람도 '학대'라는 사실을 인지하지 못한다는 점에서 잔인하다. 시선을 돌려 타인의 입장으로 듣는다면 함께 분노하고 안타까워할 만한 일도, 상황을 자신에 대입하면 충분히 있을 수 있고 그럴 수밖에 없었던 일이 된다.

부모는 자식을 위해서 희생했다는 사실에 대한 인정을 요구하고, 자식은 아무리 괴물로 변한 부모라도 기꺼이 이해한다. 혹은 그래야만 한다. 대한민국에서 부모를 원망하거나 외면하는 일은 결코 공감받기 어려운 것이기에.

나 역시 자라는 동안 엄마의 인생을 가여워하느라, 지난날의 내가 어린 줄도 몰랐다. 나의 부모, 그중 내 인생에서 가장 사랑하고, 미워했던 단 한 사람, 엄마는 홀로 나와 동생을 키웠다. 그 사실 하나만으로도 나는 엄청난 부채감을 느끼며 자라야만 했다. 아무리 외면하려 해도 변하지 않는 전제였다.

그는 살아내느라 너무 힘들었다. 울며 외발자전거를 타고 달리는 사람처럼 위태로웠고, 그래서 자신에게 매몰되었다. 딸에게 기대고 싶었고, 위로를 얻고 싶었다. 때로는 분풀이도 하고 싶었다. 그 설움을 딸이 꼭 알아야 한다고 믿었고, 그렇지 못하다고 느낄 때는 괘씸했다. 인생을 갈아 키워낸 만큼 보상받아야 한다고 생각했다. 그러나 그러한 인생도 결국 당신의 것이었음을 엄마는 몰랐다.

엄마의 삶에 영문도 모른 채 소환된 나 역시 외발자전거를 모는 영혼이었다. 너무 어렸고, 두려웠고, 사랑이 필요했다. 아이는 불행한 부모의 뒷모습에서 죄책감을 주워 먹으며 자란다. 나 역시 위태롭게 달리는 엄마를 보면서 그랬다. 모진 세상살이에 엄마의 영혼은 자꾸 깎여나가 뾰족해졌고, 엄마 곁으로 다가갈수록 긁히고 피가 났다.

아이의 눈에 엄마는 늘 벗어나고 싶은 동시에 안기고 싶은, 죽도록 미워하면서도 사랑받고 싶은 존재였다. 너무나 원하고 사랑해서 결국은 미워져 버린 존재가 엄마였다.

엄마를 미워하기로 마음먹는 일은 영혼을 도려내는 것과도 같은 아픔이었다. 도려낼 때마다 피가 철철 흘렀다. 그럼에도 차오르는 미움은 심장으로 파고들었다. 나를 이리로 불러낸 당신이 나를 너무 몰라서, 그런 당신이 미워서 다시 캄캄한 우주로 돌아가고 싶었다.

전할 곳 없는 설움을 토해내기 위해 글을 썼다. 그래야 숨이 좀 쉬어지는 듯했다. 그리고 마침내 스스로 위로할 수 있게 됐다.

지금은 엄마를 서로 닿을 수 없는 레일 위의 존

재로 인식한다. 엄마와 나는 각자의 레일을 따라 살아갈 뿐이다. 우리는 여전히 외발자전거를 타고 있지만 서로 떨어져 평행선을 그린다. 그뿐이다. 더 이상 미워하지도, 원망하지도, 연민하지도 않은 채.

끝내 닿지 않을 거리에서 서로의 안녕을 빌면서.

Chap 1

엄마를 미워합니다

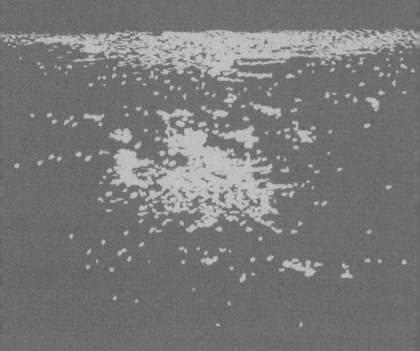

독한 년의
기원

엄마는 늘 내게 말했다. 너는 너무 딱딱하고, 차갑고, 독하다고. 그러면서 이어지는 신세 한탄의 말들.

"서방 복 없는 년은 자식 복도 없다더니……."

이렇게 시작하는 레퍼토리. 나는 한 귀로 듣고 한 귀로 흘려버리는 것 말고는 그말에 대응할 수 있는 능력이 없었다. 분하고, 억울하고, 동정받고 싶은 감정으로 가득찬 그녀 앞에서, 나는 그저 멍한 표정으로 우두커니 앉아만 있었다. 그런 내가 엄마는 딱딱하고 차갑게만 보였을까. 그랬을 수도 있겠다.

아버지는 내가 6학년 때 집을 나갔다. 어느 날 갑자기 트로트 가수가 되겠다고 선언하더니 외박이 잦아졌는데 실은 다른 살림을 차린 거였다. 엄마는 심부름 업체를 통해 그 사실을 알아냈다. 이후 싸움이 늘 반복되었고, 그걸 뜯어말리던 내게 아버지는 '독한 년'이라는 한 마디를 남기고 그 길로 떠났다.

단 한 번도 내게 살가운 적 없었던 아버지가 사라지자 오히려 나는 편했다. 언제나 좁은 거실 한가운데를 차지하고 누워서 물 떠와라, 리모컨 가져와라, 라면 끓여와라 심부름시키는 이가 없어졌으니 말이다. 어린 시절 나는 아토피 때문에 생긴 진물과 딱지가 입 주변을 늘 덮고 있었다. 그런 내게 거울을 보고 네 얼굴이 얼마나 이상한지 감상평을 써오라던 아버지였다. 실제로 나는 꼬깃한 쪽지에 '내 입술은 거북이 등껍질, 공룡이나 괴물같다'고 적어서 아버지한테 검사를 받기도 했다.

아버지가 있는 집은 언제나 탁하고 무거운 공기로 가득했는데 이제라도 잘 됐다 싶었다. 하지만 후련함도 잠시, 얼마 뒤에 엄마가 암 진단을 받았다.

직장암이었다. 림프까지 전이되어 3기라고 했다.

그 소식을 듣자마자 나는 펑펑 울었는데 엄마에 대한 가여움 때문인지, 기댈 곳이 없어질지도 모른다는 불안감 때문인지는 아직도 잘 모르겠다. 검색창에 직장암에 대한 정보를 찾아보다 생존율, 사망률이라는 낯선 단어와 막막한 수치들 앞에서 벌벌 떨었던 기억이 생생하다.

수술 날짜가 잡히고, 나는 줄곧 병원에서 엄마와 함께 지냈다. 긴장한 모습의 엄마가 수술실로 들어갔다가 퉁퉁 부은 얼굴로 코에 호스를 달고 나왔을 때, 낯선 모습이 무서웠다. 엄마가 예전의 모습으로 돌아갈 수 있을까? 집에 돌아갈 수 있을까? 나는 걱정했다. 다행히도 수술은 성공적으로 끝나 2주가 지난 다음 엄마는 퇴원했다.

다시 돌아온 일상에 겨우 익숙해질 무렵이었다. 여느 때처럼 하교 후 현관문을 열었는데 남자 구두 한 켤레가 놓여있었다. 벙찐 표정으로 엄마를 올려다보자 엄마는 멋쩍은 웃음을 지으며 "들어와" 했다. 나는 직감했다. 그 신발의 주인이 아버지라는 걸. 문을 쾅 닫고 달려 나와 그 길로 독서실에 갔다. 종잇장 넘기는 소리만 들리던 어두컴컴한 칸막이 안에서 숨죽여 눈물만 뚝뚝 흘렸다. 그렇게 아버지가 다시 돌아왔다.

그 사이 무슨 일이 있었는지 아버지는 심하게 말을 더듬었다. 전과 달리 완전히 무력하고 비굴해 보이기까지 한 모습으로 좁은 거실 한가운데를 다시 차지하고 있었다.

"나 너무 싫어. 아빠가 다시 집에 있는 거 너무 싫어."라고 얘기했을 때, 엄마는 아버지가 필요하다고 했다. 몸도 마음도 약해져 있는 엄마에게 내가 해줄 수 있는 건 없었다. 방구석에 틀어박혀 또 소리 없이 눈물을 흘리는 것 말고는. 그땐 내 마음이 어땠는지 돌아볼 여유도, 투정 부릴 힘도 없었다. 위태로운 엄마를 앞에 두고 불평하는 일은 사치라고 생각했다.

집에서 나를 제외한 세 사람은 그럭저럭 예전으로 돌아가는 듯 보였다. 원래도 남동생이라면 끔찍이 여겼으니, 엄마, 아빠, 남동생 셋만 제주도로 여행을 다녀온 것도 이상하지 않을 정도였다. 철없는 동생은 마치 아무 일도 없었던 것처럼, 바뀐 생활에 잘 적응했는데 그런 모습마저도 싫었다. 동생은 엄마의 상황에 무관심했고, 아버지를 원망하지 않았다. 사랑받고 자란 존재의 천진함이랄까. 그런 게 나는 못 견디게 싫었다.

동생은 아직 다 회복되지 않은 몸으로 출근하는 엄마에게 자전거를 사달라며 졸랐고, 엄마는 그 투정을 들어주기 위해 더 열심히 일했다. 난 문제집 값을 달라고 말할 때조차 마치 죄인이 된 듯했고, 그런 내게 돈을 건네며 한숨을 푹푹 쉬던 엄마였는데……. 두 사람을 이해할 수 없었지만 내가 할 수 있는 건 그저 조용히 분노를 삭이는 일뿐이었다.

그렇게 나는 이 식구들 사이에서 철저하게 외딴섬이 되어갔다. 차라리 그게 편했다. 학교에 가면 명랑하게 친구들과 어울렸고, 집에 돌아오면 다시 유령처럼 책상 앞에 앉아 있었다.

그런 생활도 잠시였다. 아버지는 다시 외박을 하기 시작했고, 이번에는 돈까지 요구했다. 나는 참을 수 없는 지경에 이르렀다. 엄마 좀 그만 힘들게 하라고, 제발 나가 달라고, 제발 괴롭히지 말아 달라고 말하는 내게 이번에는 '독사 같은 년'이라는 말을 남기고 아버지는 다시 집을 떠났다. 그때 내 팔을 어찌나 세게 움켜잡았는지 팔 안쪽 살이 다 파여나갈 지경이었다. 아버지가 나간 뒤, 나는 분홍색 속살이 드러난 상처를 한동안 보고 또 봤다. 내 나이 14살, 그때는 그 상처만 아물면 다 괜찮아질거라고 생각했다.

아버지가 사라진 일상은 이상하리만치 평탄했다. 학교에 가고, 친구들과 몰려다니며 문방구에서 500원짜리 햄버거를 사 먹고, 유행하는 인터넷 소설을 읽으며 울고 웃었다. 사실은 학교에서 보내는 시간이 집에서보다 더 즐거웠다. 아침 일찍 일어나 학교에 가서 불 꺼진 교실에 가장 먼저 발 디디는 아이가 바로 나였다. 텅 빈 교실에 엎드려 졸다가 친구들이 오면 기지개를 켜고 하루를 시작했다.

내가 성인이 되고 난 뒤, 어느 날 엄마가 말했다.

"난 너 중, 고등학교 때 생각이 하나도 안 나. 너 어떻게 학교 다녔니?"

그리고 "난 그때 말이야"라는 말로 자신의 기구한 인생사를 다시 읊기 시작했다. 나에 대한 측은함보다 그 시절 바쁘게 살아야만 했던 본인에 대한 가여움이 더 크게 묻어났다.

사는 게 바빠서, 일하느라 그런 거니 원망할 수 없었다. 그리고 무엇보다 난 괜찮았다. 괜찮은 줄 알았다. 그때의 나는 내 처지와 상황에 대해 깊게 생각하고 싶지 않았고, 그저 하루하루를 별 탈 없이 마무리하는 것에 안도했다.

내 마음이 엄마 말대로 딱딱해지기 시작한 건 되려 어른이 되고 난 이후였다. 그때, 아버지가 다시 돌아오기 전에 내게 귀띔을 한 번만 해줬더라면, 설명을 해줬더라면 내가 좀 덜 힘들었을까. 내 학창 시절이 떠오르지 않는다며 어떻게 학교를 다녔느냐고 물었던 엄마의 눈빛에 조금의 미안함이라도 스쳤다면 좀 나았을까……

엄마는 왜 내게
미안하다고 하지 않을까

언젠가 엄마와의 갈등이 극에 달한 아버지가 나와 동생을 데리고 집을 나가겠다고 했을 때의 일이다. 우리를 데리고 집을 나가겠다는 건 자식에 대한 애정 때문이 아니라 엄마를 괴롭히기 위해서였다. 엄마는 기죽지 않고 그럴테면 그러라고 응수했다. 중학교 입학식 전날이었던 걸로 기억하는데, 엄마는 내 짐과 교복을 함께 챙기면서 아버지를 따라가라고 했다.

가기 싫다고, 내가 왜 따라가야 하냐며 발악하자 엄마는 나를 벽으로 밀쳤다. 그리고 "일단 따라가라고, 이년아"라고 말하며 내 손에 2만 원을 쥐여줬

다. 그때 엄마의 달아오른 얼굴, 핏대가 선 목, 어금
니를 꽉 깨문 입 모양이 아직도 생생하다. 어차피
아버지는 너흴 데리고 갈 곳도 없으니 할머니 집이
든 어디든 따라갔다가 차라리 택시를 타고 도망쳐
오라는 거였다. 그때 나를 향해 윽박지르는 그 표
정과 말이 물론 진심은 아니었을거라고 생각한다.
아버지와의 팽팽한 기 싸움에서 물러날 수 없는 상
황이었을 것이다.

결국 나는 중학교 입학 하루 전날, 울면서 아버
지를 따라나섰고, 아버지의 차는 할머니 댁 근처
골목에 멈춰 섰다. 집에 들어가지도 않고, 차에서
내리지도 않은 채 해가 질 때까지 우리는 차 안에
있었다. 밖은 어두워졌고, 라디오에서는 DJ의 목소
리가 흘러나왔다. 감금된 것이나 다름없는 상황에
서 들었던 웃고 떠드는 소리에 라디오 속 그들마저
한없이 미워졌다.

나는 주머니 속 2만 원을 만지작거렸다. 더 이상
못 참겠다는 생각이 들었지만, 몸은 결코 쉽게 움
직이지 않았다. 한 시간쯤 더 흘렀을까. 주머니의

지폐가 축축해졌을 무렵, 한 손에 교복을 움켜쥐고 차 문을 벌컥 열려는 찰나 아버지에게 머리채를 붙잡히고 말았다. 그리고 쏟아지는 욕, 욕, 욕……

아버지는 무슨 생각이었는지 다시 집으로 차를 돌렸다. 도착해보니 우리 집에는 작은아버지가 와 있었다. 사실 그때의 기억은 몇몇 장면을 제외하곤 선명하지 않다. 나 역시 패닉이었으니까. 엄마와 대화를 나누던 작은아버지는 갑자기 욕을 퍼붓기 시작했고, 몸싸움으로까지 번질 기세였다. 엄마는 그를 피해 안방으로 들어갔고, 작은아버지는 한동안 문을 두드리며 험한 욕을 뱉어냈다. 그때 나와 동생은 방에 있었다. 울다가, 그쳤다가, 두려움에 멍한 기분이 되기도 했다.

그 사달이 일어나고 있을 때, 아버지는 주방에서 태연히 라면을 끓여 먹고 있었다. 모락모락 피어나는 연기를 후후 불어내던 입김, 후루룩 면발을 들이켜던 소리만큼은 기억에 선명하게 남아있다. 김 서린 안경을 벗어두고 연신 젓가락질을 해대던 옆모습도.

22

몇 날, 몇 년이 지나고 그 일은 내 머릿속에서 완전히 지워진 줄 알았다. 그러던 어느 날, 고등학생 때였을까. 옛이야기를 곱씹으며 내게 신세 한탄하는 것을 일종의 낙으로, 스트레스 해소로 생각하던 엄마는 이런 말을 했다.

"그런데 그때 있잖아. 너희 작은 애비가 나한테 욕하던 날."

"응"

"그때 넌 뭐했니?"

순간 멍해졌다. 나 그때 뭐 하고 있었지?

"나, 그냥 방에 앉아있었는데."

"어떻게 그럴 수가 있었어? 화나지 않았어? 엄마가 그렇게 모욕을 당하는데."

엄마는 정말 궁금했던 것 같았다. 하지만 나는 그 얘기를 듣자 죄책감이 들었다. 그러게 난 뭘 하고 있었을까. 엄마가 공격당하고 있었는데 왜 난 용기 있게 그러지 말라고 하지 못했을까. 왜 분노하지 못했을까. 왜 그저 방 구석진 곳에서 쭈그리고만 있었을까. 이렇게 비겁한 나였던가 싶었다. 언제나 엄마 편이어야 하는데, 그러지 못했다는 자책 감이 몰려왔다.

"글쎄, 모르겠네."라고 답하고 말았다.

"그래, 서방 복 없는 년은 자식 복도 없다고 하니 내 탓을 해야지 어쩌겠니."

처음과 달리 말이 이어질수록 엄마는 점점 울화 가 치밀어 오르는 듯했고, 결국 매섭게 한마디 남 기며 자리를 털고 일어났다.

그러나 그때 나는 고작 열세 살이었다. 처음 겪 는 두려운 상황 속에서 그저 몸을 웅크리고 앉아 울 음을 참아내고 있었던 것이다. 그리고 그게 당연했 다는 걸 깨닫게 된 건 서른이 넘은 뒤였다. 대학을 졸업하고, 회사에 다니고, 결혼을 하고, 아이를 낳는 세월을 지나오며 나는 엄마와의 관계가 툭, 툭, 끊어 지는 듯한 느낌을 여러 번 받았는데 돌이켜보니 이 에피소드도 큰 부분을 차지했던 것 같다.

엄마는 내가 욕을 퍼붓는 작은아버지 앞에서 투 사라도 되길 원했던 걸까. 고작 열세 살이었던 나는 그렇게 강한 아이였을까. 학교에서 돌아오던 날 문을 열었을 때 현관에 놓여있던 아버지의 신발에 대해서, 엄마의 기구한 삶 속에 선택할 여지도 없이 편입되어 있던 나에 대해서, 엄마는 왜 미안해하지 않을까. 왜 설명하고 다독여주지 못했을까.

나는 엄마를 이해했는데, 그래서 원망하고 싶은 마음을 외면하느라 애쓰며 살아왔는데, 그래서 되려 나를 미워하면서 커왔는데, 엄마는 열세 살의 나를 분명히 나무라고 있었다.

그제야 나는 엄마가 아니라 내가 보였다. 아무도 어린아이 취급을 해주지 않았던, 그러나 너무 어렸던 내가 가여워서 눈물이 났다. 동시에 어릴 적 마음껏 미워해 보지 못했던 엄마가 너무 미워지기 시작했다. 미치도록.

엄마를 미워하는
방법을 몰라서

　수능이 끝나자마자 한 일은 아르바이트였다. 스스로 가장 하고 싶은 일이기도 했다. 처음 일하게 된 곳은 프랜차이즈 피자집이었다. 시간당 3,480원. 빨간 베레모를 쓰고, 손목엔 손님이 버튼을 누르면 진동이 오는 팔찌를 차고, 피곤한 줄도 모르고 팔랑팔랑 뛰어다녔다. 돈을 벌면서 움직이는 만큼 군살도 뺄 수 있겠다는 생각으로 열심히 즐겁게 일했다.

　그리고 첫 월급날. 지폐와 동전이 들어있는 흰 봉투를 받아 들었을 때의 그 벅찬 감정은 지금 생각해도 풋풋하다. 그 길로 집에 가 엄마에게 봉투를 건넸다. 나도 엄마에게 돈봉투를 내밀어 줄 수 있는 어른이 되었다는 생각에 마음이 부풀었던 것 같다. 지금 돌이켜보면 스스로가 귀엽고 애틋하다. 왜 그런 생각을 하게 됐는지는 잘 기억나지 않지만 대학생이 되면 용돈과 학비를 스스로 벌고 싶었다. 실제로 엄마에게 그런 약속을 하기도 했고. 녹록지 않은 집안 사정을 알았기 때문이었을 수도 있고, 어려서부터 언뜻언뜻 엄마 아버지로부터 그래야 한다는 이야기를 들어온 것 같기도 했다. 나 역시 동의하는 바였고, 스무 살이 넘으면 응당 그래야 하는 것이라 생각했다. 그렇게 나는 성인이 되었다.

대학교 입학 후 생전 처음 수강 신청이라는 것을 하고, 시간표를 짜면서 가장 중점에 두었던 것은 바로 공강 일이었다. 아르바이트를 위해서였다. 주말에는 아르바이트를 하고, 평일에 하루는 휴식날로 정해두었다. 대학에 입학하고 나서는 프랜차이즈 도넛 가게에서 일했다. 도너츠에 초콜릿을 입히고, 토핑을 올리는 일이었는데, 일보다 힘들었던 건 사람이었다. 어찌나 텃세가 심하던지 매일 저녁 퇴근길 버스정류장에서 울다가 집에 들어갔다. 일을 시작할 때 점장에게 5개월은 일할 생각이라고 말했던 걸 지키기 위해 이를 악물고 버텼다.

이후로도 이탈리안 레스토랑이나 어묵포차 알바, 백화점 의류나 신발 판매원, 학원 강사 등을 하며 수업 외 모든 시간을 아르바이트에 투자했다. 하지만 근근이 용돈을 마련하는 정도였지 현실적으로 학비를 모으는 건 언감생심이었다. 1학년 첫 학기 등록금만 대주면 나머지는 알아서 해보겠노라고 엄마에게 큰소리쳤던 나는 세상 물정을 모르는 아이였던 거다.

2학기 등록금 납입일이 다가오자, 나는 어렵게 등록금 이야길 꺼냈다. 엄마의 첫 마디는 "네가 할 수 있다며?"였다. 그러고 싶었는데 잘되지 않았다고, 그래서 나도 속상하다고 했으면 좋았을 텐데 그러지 못했다. 엄마의 말투에 서린 실망과 무시에 나도 그럼 대체 어떻게 해야 하느냐고 되받아쳤다. 남는 모든 시간에 아르바이트를 해도 안 되는 걸

어쩌냐고 항변했다. 오가던 말싸움 끝에 엄마는 이렇게 말했다.

"그럼 꿇어. 네가 뱉은 약속도 지키지 못할 거면 나한테 빌어. 뭐가 그렇게 잘나서 큰 소리야?"

대드는 딸이 괘씸해서 홧김에 뱉은 말이더라도 너무나 치욕적이었다. 이어서 "나 아니면 누가 등록금 대 줄 수 있는데, 뭐가 그렇게 당당하냐"면서 나를 방으로 밀어붙였다. 나는 억울해서 울며 소리쳤지만, 엄마의 언행에서 나에 대한 존중, 혹은 가여움은 손톱만큼도 느껴지지 않았다.

결국 엄마의 도움을 받아 등록금을 내고 2학기는 학교에 다닐 수 있었다. 아르바이트를 계속 했지만 오고 가는 교통비와 밥값을 충당할 뿐 여전히 늘 부족하기만 했다.

어느 겨울이었다. 집과 아주 멀리 떨어져 있는 터미널에서 델리만주를 구워 팔 때의 일이다. 친구가 일하는 곳이라 좀 멀어도 함께 하고 싶다는 생각에 버스까지 갈아타면서 다녔던 곳인데, 일을 마

치고 집에 가려고 보니 마침 주머니에 돈이 천 원
도 없었다.

그날따라 마감 조는 친구가 아닌 다른 동생이라
선뜻 버스비를 빌려달라고 할 용기가 나지 않았다.
밤 아홉시가 넘은 시간이었고, 다른 방법이 없어
결국 엄마에게 전화를 걸었다. 택시를 타고 갈 테
니 돈을 좀 들고 나와주면 안 되겠느냐고, 월급을
타면 돌려주겠다고 말할 참이었지만 "돈 간수를 어
떻게 하기에 천원이 없느냐"는 답이 돌아왔다. "걸
어와"라는 말과 함께 전화는 끊어졌다.

억울함보다는 민망함이 몰려왔다. 정말 그렇네.
나는 돈 간수를 어떻게 했길래 수중에 돈 천 원이
없을까. 다음 달은 헤프게 쓰지 말아야지. 체념하고
하얀 김을 내뿜으며 길을 걸었다. 워낙 길치인 터
라 늘 버스 타고 다니는 길을 그대로 따라갔다. 사
람은 건널 수 없는 육교가 있어서 헤매다가, 어둑
한 길을 따라, 표지판을 따라 집에 도착하고 보니
자정에 가까운 시간이었다.

집에 들어가니 거실에 앉아 있던 엄마는 TV 토

크쇼에 열중하고 있었다. 왜 지금에야 왔는지, 어떻게 왔는지, 내게 묻지 않았다. 나도 당연하다는 듯 방으로 향했다. 그다음 학기는 큰 고민 없이 휴학을 결정했고, 어디에 가서라도 일단 한 달에 백만 원씩만 벌어서 돈을 모으자고 생각했다. 물론 엄마는 내 결정에 대해 아무런 관심이 없었다.

그리고 그즈음부터 나는 엄마와의 대화를 일부러 피하기 시작했다. 화가 났다기보다는 감정이 차게 식는다는 표현이 맞을까. 오히려 차분해졌다. 그때부터 집은 최소한의 잠자리와 씻을 곳이 제공되는 숙소라고 생각하기로 하고, 그에 만족하며 스스로 투명 인간이 되었다. 엄마도 변한 내게 왜 그러냐고 묻지 않았다. 예상대로 철저히 나를 무시했고, 그렇게 한 집에서 서로를 외면하는 생활이 시작됐다.

조금 떨어져서 보면
달라질까

휴학을 하고 백화점의 한 의류 브랜드에서 일을 시작했다. 국내에 들어온 지 얼마 안 된 브랜드였는데 성장 속도가 빨라 일이 힘들긴 했지만, 배우는 점도 많았고, 무엇보다 좋은 사람들과 함께 즐겁게 일할 수 있어 좋았다. 그렇게 금세 일 년이라는 시간이 흘러 어느새 복학할 시기가 돌아왔고, 나는 통장에 꽤 많이 모인 돈을 두고 고민에 빠졌다. 다시 학교로 간다고 한들 인생에 크게 도움이 될 것 같지 않았다. 마침 친구가 스웨덴에 교환학생으로 가 있었던 터라 이참에 함께 유럽 여행을 해보고 싶기도 했다. 그리고 무엇보다 지난 일 년 가까이 한집에 사는 엄마와 대화를 단절하고 지내면서 나 스스로 생각을 정리할 시간이 필요하기도 했다. 나는 충동적으로 비행기 표를 끊고, 친구에게 "파리에서 만나자"라는 왠지 영화 속 대사 같은 말을 건넨 뒤 진짜로 비행기에 올랐다.

나는 샤를 드골 공항에 도착하면 곧바로 고풍스러운 건물과 이방인들, 자유로운 분위기를 만끽할 수 있을 줄 알았다. 하지만 현실은 차가운 공항 게이트에서 꼼짝도 못 한 채 친구를 기다려야만 하는 신세였다. 공항에서 무료로 제공되는 15분짜리 와이파이를 사용해 친구에게 내가 있는 게이트 번호를 알려주고, 막막한 기다림의 시간이 시작됐다. 딱딱한 바게트 샌드위치를 사 먹으면서 이방인의 기분을 제대로 느낄 수 있었다. 두려움에 화장실도 가지 못한 채 혼자 파리 공항 한편에 버려져 이대로 국제 미아가 되는 건 아닐까 싶어졌을 때쯤 기적처럼 친구가 나타났다.

우리는 파리를 시작으로 포르투, 리스본, 바르셀로나, 로마의 거리를 함께 걸었다. 로마와 바티칸에서는 가이드 투어를 했는데, 특히 바티칸의 성스러운 분위기에 감화되어 돌아보는 내내 가슴에 먹먹함이 밀려왔다. 투어가 끝날 무렵 가이드는 고국으로 엽서를 써 보낼 수 있는 시간을 주었다. 그때 나는 엄마에게 엽서를 썼다. 하지만 진짜 내 마음속에 담아두었던 말보다는, 지난 일 년 동안 한 집에서 아무런 대화도 나누지 않았던 우리 사이가 어쩌다 이렇게 됐을까, 하는 자조 섞인 혼잣말에 가까웠다. 이 메시지를 읽은 엄마가 내 마음을 알아챘으면 하는 바람이 더 컸을지도 모른다. 기념품 가게 앞 계단에 쪼그려 앉아 비뚤한 글씨를 적어 내려가는 게 그때 내게는 가장 큰 용기이자 실천이었다.

친구와 3주, 나 홀로 3주 총 6주간의 유럽 여행을 마치고 돌아오는 길, 경유한 이스탄불 공항에서 남은 돈을 탈탈 털어 엄마에게 선물할 고급 브랜드의 귀걸이를 샀다. 아주 오랜만에 돌아간 집에서 선물을 건네자, 엄마는 고맙게 받았다. 그리고 거울을 보며 잘 어울리는지 여러 번 반복해 물었다. 내가 없는 동안 엄마도 조금 달라졌을까 기대했지만, 역시 내가 바라던 방향은 아니었다.

어찌 됐든 6주의 유럽 여행은 어영부영 모녀의 관계를 수습해 놓은 듯했다. 수다스럽고, 푼수 같은, 일상생활에서 만난 거의 모든 사람의 단점을 내게 털어놓는 엄마의 모습으로 다시 돌아왔다. 나의 마음은 여전히 경직되어 있었지만, 엄마는 그런 내 상태를 알아채지 못했다.

적어도 집을 떠나있던 시간 동안 내가 어떻게 지냈는지 물어줄까, 내가 없는 동안 당신은 어땠는지 이야기 해주지 않을까 생각했지만 끝내 그런 일은 없었다. 엄마에 대한 기대는 언제나 더 큰 실망뿐이라는 걸 알면서도 또 어리석은 생각을 하고 말았다.

엄마는 아무런 일도 없었던 것처럼 틈나는 대로 자신의 기구한 팔자에 대한 말들을 계속해서 뱉어냈다. 내 삶이 이렇게 고단한 것을 네가 알기나 하냐는 듯이. 쏟아지는 한탄을 그저 멍하니 듣고 있으면 엄마는 "정말 힘들었겠지 않니?"라며 동의를 구했다. 물론 맞는 말이었다. 힘들었을 거다. 그래서 늘 듣는 입장에 설 수밖에 없었는데 그럼에도 전혀 공감이 되지 않았다.

왜 그랬을까. 때로는 그런 내가 이상하고, 스스로 독하다는 생각이 들 때도 있었다. 끊임없이 동정을 갈구하는 엄마 앞에서 왜 그렇게 난 얼음장처럼 차가워지기만 했을까.

나의 이십 대는 엄마라는 존재에 대한 의무감과 미움으로 가득했다.

엄마를 망가트린
사람들에 대하여

　아버지는 엄마에게 무려 7년 동안 구애했다고 한다. 젊은 시절 탤런트 못지않은 외모에 도도하기까지 했던 엄마는 주변에 대시하는 모든 남자에게 퇴짜를 놓다 보니 어느덧 스물일곱 살이나 되어 있었고, 당시 주변을 둘러봤을 때 남은 남자는 아버지뿐이라서 결혼하게 됐다고 했다. 시작부터 수월하지 않은 결혼이었다. 친가 할머니는 홀어머니 밑에서 없이 자랐다고 엄마를 사사건건 무시했다. 새댁이었던 엄마는 부모에게 손을 벌려 사업을 하겠다는 남편을 말리기 위해 돈을 빌려주지 말아 달라고 간청했다가, 네년이 뭐길래 돈을 주라 마라냐면서 할머니가 귀를 물어뜯어 스무 바늘이나 꿰맨 적도 있다고 한다.

친가 할아버지는 대개 말씀이 없으셨고, 집안에서 목청을 높이는 건 늘 할머니 쪽이었다. 언젠가는 내 남동생을 혼냈다고 할머니가 엄마의 멱살을 잡고 밀쳤던 적도 있었다. 할머니는 그 집안의 세 며느리 중 유독 엄마를 부려 먹고, 못살게 굴었던 탓에 나도 할머니에 대한 감정은 늘 좋지 않았다.

내 기억 속에서 가장 오래된 친가에 대한 기억은 다섯 살 때쯤이다. 이유도 모른 채 어느 날 나 혼자 친가에서 자게 되었는데, 너무 낯설고 두려워서 잠이 제대로 오지 않았던 기억. 어린아이였음에도 철부지처럼 울지 못하고 베갯잇을 적시며 훌쩍였더니 할머니는 그런 나를 보고 애가 도통 따르지를 않는다며 혀를 찼다. 훗날 엄마에게 들은 얘기로는 아버지가 손주인 나를 빌미로 며칠 맡겨두고 돈을 빌려보려는 속셈이었다고 했다. 그날의 서글픈 장면은 서른이 훌쩍 넘은 지금까지도 얼룩 같은 흔적으로 남아있다.

능력과 끈기, 비상함도 없이 사업을 하려던 아버지는 엄마와는 늘 돈 때문에 싸우면서도 겉멋에 항상 취해있었다. 형편에 맞지 않는 지역 로터리 모임에 가입해서 철마다 호사스러운 모임에 나가고는 했다. 그러는 사이 우리 집은 공과금이 밀렸고, 인터넷 요금도 내지 못해 어린 동생은 매일 아버지에게 전화해 오늘은 요금을 냈느냐고 물었다. 매번 물어도 매번 냈다는 아버지의 거짓말에 동생은 애꿎은 컴퓨터만 탕탕 내리쳤다. 나도 동생도 늘 알면서도 속았다.

엄마와 아버지의 싸움은 점점 더 잦아졌고, 격해졌다. 아버지의 입에서는 늘 육두문자가 쏟아졌고, 엄마는 우리 앞에서 칼을 들고 자해를 시도하기도 했다. 둘이 싸우다 엄마가 기절해버리면 나는 울면서 엄마 코에 얼굴을 갖다 대고, 숨을 쉬고 있는지 확인하곤 했다. 그러는 동안 동생은 텔레비전에 나오는 드래곤볼 만화에 열중하고 있었다.

그때 난 엄마가 너무나 불쌍했고, 동생과 나 우리 셋만 살면 좋겠다고 늘 생각했다. 아버지가 외박하는 날은 내게 너무나 평온한 날이었으나, 그가 다시 돌아오면 다시 격한 언성을 피해 이불속에 숨어들어 잠을 청해야 했다. 위층에 사는 같은 반 친구가 오늘도 우리 집 싸우는 소리를 듣겠구나, 하면서. 그 소리가 너무도 싫어 어떤 날은 세탁소 옷걸이를 침대 헤드에 걸고 목을 걸어 숨이 막히게 해본 적도 있었다. 목젖이 켁 막힐 때까지 머리를 끌어내려 보다가 너무 괴로워 포기해 버리고 말았지만.

그러던 어느 날 나는 아버지에게 엄마 좀 그만 괴롭히라며 미친 사람처럼 날뛰었고, 그런 내 팔을 꽉 움켜쥐던 아버지는 분홍빛이 보일 만큼 살을 움푹 파 놓고는 "지 어미 닮아 독한 년"이라는 한마디를 남긴 채 집을 나갔던 것이다. 살기가 느껴지던 그 눈빛. 아마 진짜로 나를 죽이게 될까 봐 도망친 것 같다는 생각이 들 만큼.

아버지와 별거 이후 엄마는 암 판정을 받았고, 친가 식구들은 누구도 먼저 연락해 오는 사람이 없었다. 엄마는 본인의 시댁을 누군가에게 설명할 때 늘 교사 집안이라고 강조했지만, 도대체 교사 집안이 뭐가 어떻기에 그렇게 힘주어 말하는지 나는 도통 알 수가 없었다. 어차피 그 잘난 선생님이었던 할아버지와 고모, 큰어머니. 그들은 결국 다 방관자일 뿐이었는데. 예술가라고 개인전까지 열었던 작은아버지는 엄마에게 천박한 욕을 쏟아냈고, 목사인 고모부는 병든 엄마가 행여 친가에 손을 벌릴까봐 우리 동향만 염탐했는데. 그런 상황들 속에서 엄마가 제정신을 붙잡고 살기는 어렵지 않았을까 싶다.

　나도 그 시절이 내게 어떤 상처로 남을지도 모르고 살아냈다. 암 수술 이후 엄마는 십 년 동안 재발이 없어 완치 판정을 받았지만, 그동안 아픈 몸으로 여자 혼자 벌어서 두 아이를 키우는 일이 얼마나 고됐을까. 상상하기 어려운 힘듦이다. 그래서 그 시기에 나는 엄마를 미워할 수 없었다. 내 존재가 늘 엄마 등에 얹힌 짐 같아서 까치발로라도 내 힘으로 두 발 딛고 서고 싶었다. 그렇게 애쓰다 우리

둘 다 주저앉아버린 것은 아닐까.

상처가 상처인 줄도 모르고 지나온 세월. 그 기억들이 어디론가 증발하여 없어지는 것이 아니라, 몸에, 머릿속에, 가슴에 고스란히 남겨져 있다는 걸 이제는 안다. 누구보다 더 엄마를 이해하면서도, 엄마가 불쌍하면서도, 다가설 용기가 나지 않았던 나의 아이러니.

나는 아직 답을 얻지 못했다.

처음으로 내 마음을
풍족하게 해 준 사람

고등학교 때는 교회에 꽤나 열심히 다녔다. 대
단한 신앙심 때문은 아니었고, 다른 학교에 다니는
친한 친구와 만날 수 있는 유일한 시간이었기 때문
이었다. 알아들을 수 없는 방언을 쏟아내며 뜨겁게
기도하는 또래 친구들 사이에서 나는 그저 매일 한
가지의 소원만을 빌었다.

"사랑받게 해주세요."

한 치의 보탬 없이 기도 때마다 이 여덟 글자만
을 빌고, 또 빌었다. 그때는 정말로 기도 주제가 이
것뿐이었다. 심지어 수능을 며칠 앞둔 상황에서도
똑같은 말을 되뇌었다.

그리고 스물셋, 한 남자를 만났다. 어느 날 친구가 갑자기 캠퍼스로 불러내더니, 알이 너무 두꺼워 눈을 원래 크기보다 절반 정도 작아 보이게 만드는 뱅뱅이 안경에 까까머리, 통이 벙벙한 스포츠 반바지 차림의 그를 '너의 남자 친구'라며 소개했다. 원래 엉뚱한 친구이긴 했지만, 다짜고짜 '얘가 너의 남자 친구'라니. 게다가 이렇게 후줄근한 차림의 남자라니. 면전에 대고 뭐라고 하지도 못하고 눈만 동그랗게 뜨고 눈치를 주는 나를 보며 친구는 그저 확신에 찬 표정만 지어 보일 뿐이었다.

사실 그도 도서관에서 공부하다가 갑작스레 불려 나와서 어찌할 바를 모르는 민망한 상황이었다는 건 나중에 알게 됐다. 딱 봐도 순진하고, 착하게 생긴 전형적인 공대생 스타일. 내가 아무리 사랑받고 싶고, 연애를 하고 싶어도 이건 아니지.

한 마디로 정말 내 타입은 아니었다. 어쩔 수 없이 마련된 자리이니만큼 커피나 마시고 적당히 마무리해야겠다고 생각했다. 숫기가 없던 남자는 그저 입을 꾹 다물고 음료가 든 컵만 만지작거릴 뿐이었다. 그 남자를 마주하고 있던 그 시간이 너무나 길고 지루하게 느껴졌다.

그런데 그렇게 다신 볼 일 없을 줄만 알았던 그 사람이 그날 이후 매일 아침, 점심, 저녁으로 내게 안부를 묻기 시작했다. 그는 당시 휴학을 하고 일을 하고 있던 내게 아침에 일어났는지, 점심엔 무얼 먹었는지, 저녁엔 집에 잘 들어갔는지, 딱 정확하게 이 세 가지 만을 매일 물었다. 대화를 좀 더 이어 나가는 스킬이 없는 건지, 이런 식의 대화가 그만의 스킬인지 아리송할 만큼 애매한 관계는 몇 달 동안 이어졌다.

그렇게 진전없는 메시지만 오가던 중 학군사관후보생(ROTC)이었던 그가 한 달 동안 훈련을 떠나게 되면서 우리의 관계는 새로운 국면을 맞이하게 됐다. 늘 오던 시간에 연락이 오지 않자 문득 그가 궁금해지기 시작했던 것이다. 매일 도착하는 스팸 문자쯤으로 여기던 연락의 규칙성이 깨지자, 오히려 내 쪽에서 약간 안달이 난 형국이 되었다.

그리하여 훈련기간 동안 답이 오지 않을 걸 알면

서도, 그가 언제 복귀하는지 알고 있으면서도 나는 '언제 와?'라는 메시지를 처음으로 먼저 보냈고, 훈련을 마치고 돌아온 그와 만나게 됐다.

8월의 습한 어느 저녁이었다. 하루 종일 밥 먹고, 영화 보고, 차를 마시면서도 별말이 없던 그는 집으로 가는 버스를 기다리는 정류장에서 무겁게 입을 뗐다. 종일 매고 다니던 가방 속에서 축축하게 젖은 장미꽃 두 송이를 내밀며 나를 좋아하고 있다고. 한 송이는 외로우니까 두 송이를 준비했다고. 그는 입술이 바짝바짝 마르는지 챕스틱을 꺼내 발랐다.

그 모습을 보며 얼마나 웃음을 참았는지, 한여름에 벌벌 떠는 그를 보며 거짓말 약간 보태 이러다간 얘가 쓰러지겠다 싶어 나도 좋다고 대답해 버렸다.

처음이었다. 내 눈빛, 말투, 행동 하나하나에도 관심을 기울이고, 매 순간 따뜻한 온기로 감싸주는 사람. 나도 누군가에게 이런 존재일 수 있다는 걸 느끼게 해준 사람이라 축축한 장미꽃 두 송이를 들고 집으로 돌아가는 길 내내 가슴이 뜨거웠다.

그렇게 우리는 연인이 되었다. 애정을 갈구하면서도, 늘 그 사랑을 의심하고 시험하려 했던 나는 시시때때로 왜 나를 좋아하느냐는 질문을 해댔다. 그때마다 그는 심심하기 짝이 없는 대답으로 나를 안심시켰는데 그 얘길 듣고 싶어서 계속 물었는지도 모르겠다.

"그냥 다 좋아."

스물셋, 콩깍지 제대로 씐 혈기 왕성한 남자에게 무엇인들 싫은 게 있었겠냐마는 아무리 생각해도 이 말밖에 떠오르지 않는다는 멍텅구리 같은 표정은 나를 안도하게 했다.

손에 땀이 많다며 한 달이 넘도록 나란히 걸으면서도 손 한번 스치지 않던 사람, 결국 내가 먼저 손을 잡았고, 세상 숙맥처럼 굳게 다문 입술에 뽀뽀도 내가 먼저 했다. 그를 만나고 나서 내게도 빛이 난다는 걸, 그리고 그 빛을 보고 따라와 준 사람이 있다는 걸 알게 됐고, 그래서 매 순간 감사했다.

연애하는 5년 동안 그는 장교로 2년 군 생활을 했고, 전역 후엔 먼 남쪽 도시에 취업해 장거리 커플로 지냈다. 저녁에 편의점에서 맥주 한 캔 하고 헤어지는 가벼운 만남, 데이트가 그리웠던 우리는 스물여덟 조금은 이른 나이에 결혼을 결심했다. 그는 낯선 곳에서 잘 지낼 수 있겠느냐고 물었고, 난 전혀 상관없었다. 오히려 내가 나고 자란 익숙한 환경에서 벗어나고 싶었던 마음 때문인지 설레기까지 했다. 아무도 없는 곳으로, 나를 모르는 곳으로 가 새롭게 시작하고 싶었다. 두렵지 않았다.

아직 찬 기운이 남아있던 3월의 어느 날, 처음으로 내 마음을 풍족하게 해주는 남자와 결혼을 결심했다.

나는
도피 결혼을 했다

연애 5년 차, 아직 이십 대 후반이었지만 나는 결혼을 하고 싶었다. 사실 '결혼' 자체에 의미를 두었다기보다 남자 친구와 같이 붙어있고 싶었다. 선선한 저녁에 집 앞을 산책한다던가, 늘어지게 늦잠을 자고 난 일요일 아침엔 맥모닝을 먹고, 헐렁한 반바지 차림으로 편의점 앞에 앉아 캔맥주를 마시고 싶었다. 그와 함께라면 좀 명랑해질 수 있을 것 같았다. 이제 막 결혼 적령기에 들어선 친구들은 내게 이렇게 말한다.

"정말이지 결혼은 차라리 너처럼 아무것도 모를 때 했어야 해. 아님 아예 하질 말던지."

맞는 말이다. 난 정말이지 단순한 생각으로 결혼을 결정했고, 실행했다.

"나 이 사람이랑 살고 싶어."

누군가에겐 단순한 결혼의 이유로 보일 수도 있겠지만 난 누구보다 간절했다. 내 집 같은 집에서, 나라는 사람을 들여다봐 주는 사람과 가까이 살 비비며 살고 싶었다. 그런 이와 함께라면 단칸방 원룸이라도 좋았다. 엄마 집 말고, 우리 집에 살았으면……. 이 마음이 결혼 결심의 절반은 차지했다.

엄마와는 마주 앉아 밥을 먹다가도, 나란히 앉아 TV를 보다가도 말다툼이 일었다. 정말 사소하고 유치한 시작이었음에도 죽자고 달려들어 결국 다신 안 볼 사람처럼 서로에게 상처를 주었고 결말은 늘 같았다.

"나가, 절이 싫으면 중이 떠나야지. 여긴 내 집이니까 네가 나가."

엄마는 늘 TV에 나오는 연예인이나, 함께 일하는 사람들, 장례식장에서 만난 친척들의 차림이나 외모, 말투에서 마음에 들지 않는 구석을 발견하면

그 이야기를 집요하게 반복했는데, 그게 나에겐 굉
장한 스트레스였다. 설거지하다가, 빨래를 개키다
가, 운전을 하다가, 똑같은 얘기를 몇 번씩이고 똑
같은 억양으로 반복했다. 대개의 중년 여성들은 그
렇다던데, 당연히 그럴 수도 있는 건데, 라는 걸 알
면서도 싫었다.

이야기를 계속 반복하는 건 둘째 치고, 엄마의
생각들에 동의할 수 없었다. 개를 키우는 사람들을
보면 더럽게 어떻게 짐승과 함께 사느냐고, 저 집
애는 왜 저렇게 우느냐고, 우리 애들은 안 그랬다
고, 저 사람은 장사를 왜 저렇게 하느냐고, 타인이
싫은 이유에 대해서 끊임없이 말을 늘어놓아야만
직성이 풀리는 엄마라는 사람. 정확히 말하면 그런
부류의 '인간'이 싫었다.

엄마는 본인을 늘 정확하고 정의로운 사람이라
고 자평했다. 하지만 정작 딸의 감정에 대해서는
완전히 무관심 한 채, 폭력을 행사하고 있으면서
스스로에게는 그토록 후한 평가를 내리는 것도 싫

었다. 본인은 늘 주변 사람들에게 도리를 다한다고
했지만 20년 가까이 직장생활을 한 엄마의 곁에 남
아있는 사람은 없었다. 자신의 기준엔 모두 이상한
사람들뿐이었고, 그들의 단점을 일목요연하게 나
열하느라 엄마는 매일 머리가 아팠다.

　잠자코 듣다 제발 그만해달라고 애원하고 싶어
질 때쯤, 용기 내 겨우 심드렁하게 "원래 그런 사람
인가 보지", "그냥 무시해", "난 그 사람이 그럴 수
도 있다고 생각해"라고 하면 엄마는 이렇게 말하며
화를 냈다.

　"너는 참 이상하다."

　내가 엄마의 하소연을 귀엽다는 듯 들어주며 살
갑게 맞장구 쳐 주는 딸이었다면 얼마나 좋았을까.
나도 그런 생각을 했었다. 그럼 우리는 얼마나 편했
을까. 하지만 근본적인 관계의 해결 없이 모범답안
같은 생각만으로는 결코 다정한 딸이 될 수 없었다.

　상견례 날이 잡히고, 한정식집에서 남자 친구의
부모님과 나, 엄마가 한데 모였다. 마침 어버이날이

었던 터라 우리는 예쁜 꽃다발을 두 개 사서 부모님께 드렸고, 식사 내내 분위기는 그럭저럭 어색하지 않게 잘 흘러가고 있는 듯했다. 그때 시어머니가 조금 조심스러운 말투로 이야기를 꺼냈다.

"저기, 그래서…… 식 날 아버님은 어떻게?"

나는 올 것이 왔구나, 싶었다.

그때 엄마가 말했다.

"아빠요? 얘는 아빠 싫어해요."

악의 없는 그 표정. 그래서 사람을 더 미치게 만드는 그 결백한 표정. 나는 목구멍이 컥, 막히는 느낌이 들었다. 시선을 어디에 두어야 할지 모른 채, 반찬만 입에 꾸역꾸역 집어넣고 있는 나를 옆에 두고 엄마는 말을 계속 이어갔다.

"그래도 저희 시댁이 다 교사 집안이고, 예술 하시는 분도 있고……."

속으로 '엄마 제발'이라고 외쳤지만, 가혹하게도 가닿지 않았다. 자신이 그토록 증오하던 시댁의 이야기를 상견례 자리에서 자기 입으로 술술 읊어대는 사람이 나의 엄마라니. 아버지가 집을 나간 이후로 아무도 찾아오지 않고, 연락 한번 하지 않던 그 사람들. 자기한테 욕지거리를 내뱉던 그들의 스펙이 뭐 그리 대단하다고 딸 시댁에 대고 이야기하는 걸까. 그래도 그게 자랑거리가 될 수도 있다고 생각하는 엄마의 그 어리석은 마음을 알 것도 같아서 더 속상하고 화가 났다.

그 자리에 더 이상 앉아 있을 수가 없어서 화장실로 달려갔다. 상견례 자리를 박차고 나와 울면서 화장실로 달려가는 여자를 식당 직원들은 의아하게 쳐다봤다. 아마 바로 옆에 앉아 있던 엄마는 몰라도, 맞은편에 앉아 있던 시부모님은 내 표정의 변화를 알아차릴 수밖에 없었을 거다. 드디어 어색한 자리가 끝나고 난 뒤, 엄마는 내 감정 따위는 전혀 눈치채지 못한 채 홀가분해 보이기까지 했다.

집으로 돌아와 곧바로 이불을 뒤집어쓰고 누워버린 나를 보고 엄마는 대체 뭐가 문제냐고 물었다.

"나 너무 속상하고, 창피해. 시댁 어른들 앞에서 내가 아빠 싫어한다는 얘기를 그렇게 가볍게 꺼내야만 했어?"

참다못해 울분이 섞여 나왔다. 이번만은 제발 내 외침을 듣고 아차, 싶은 마음이라도 들어주기를 바랐지만, 아니었다.

"너는 참 이상하다. 그게 이렇게 눈물바람할 일이야? 어차피 저 집도 이혼한 거 알고 있고, 니 애비 결혼식에 오는 거 너도 싫잖아!"

숨도 제대로 못 쉰 채 헐떡이면서 울고 있는 내게 엄마는 "오늘 같은 날, 또 이렇게 기분을 망쳐야겠니? 너 말고는 다른 사람들은 다 괜찮았어. 너만이 난리야 지금 너만!"

정말 아무것도 모르면서…….

내 결혼식을 상상하면 항상 아버지의 빈 자리가 떠올랐다. 빈 의자 옆에 홀로 앉아 있을 엄마를 생각하면 어쩐지 안됐어서, 정말 싫은 아버지이지만 그날만큼은 엄마의 면을 세워줘야 할까 진지하게 고민하던 와중이었다. 그리고 엄마가 회사 동료들에게도 이혼 사실을 알리지 않아, 내 결혼식 날이 되면 다 들통날 거라고 농담처럼, 진담처럼 얘기했던 것도 내내 마음에 걸렸다. 그런 생각들을 떠올리다 보면 결혼식 날 나는 도저히 100%로 행복하지 못할 것만 같은 서러움이 밀려와 퇴근길 버스 맨 뒤 좌석에 몸을 묻고 참 많이도 울었다.

나와 충분히 상의하고 나중에 결정해도 될 얘기를 쉽게 뱉어놓고, 엄마는 오히려 감히 네가 나를 푼수로 만들었다며 노발대발했다. 이번에도 그 마음속에 나는 없었다. 또 한 번 나는 엄마로부터 뜯겨 나왔다. 그날은 내 결혼식을 위한 상견례 자리였고, 나는 신부였고, 내가 당신의 말에 상처를 받았다는데, 엄마는 다른 사람들은 다 괜찮은데 너만 그러느냐고, 너는 참 이상하다,라고 말했다. 이번에도 사과하지 않았다.

그날에서야 내 목표는 완전히 명확해졌다. 엄마와의 심리적 물리적 거리를 두기 위한 작전이 필요해졌다. 더 이상 엄마와 부딪히지 말 것. 결혼식 날까지 조용히 지내다 이 집에서 사라질 것.

결혼식 날,
메이크업 샵에서
분노를 참아본 적 있나요

결혼식 당일 새벽, 메이크업 샵에 가기 위해 엄마와 함께 집을 나섰다. 밤새 기침을 하며 방과 부엌을 오가던 동생 때문에 제대로 눈도 붙일 수 없었고, 중학교 1학년 때 이후 한 번도 보지 못한 아버지를 결혼식장에서 보게 된다는 생각에 기분도 썩 좋지 않았다. (상견례 이후, 내 결혼 소식을 들은 아버지가 식에 오고 싶다는 의사를 밝혔고, 나도 엄마가 혼주석에 혼자 앉아있는 것보다는 둘이 있는 게 나을 것 같아 결국 수락했다.)

그날 누군가 집을 나서는 내 표정을 봤다면 결

혼식을 하러 가는 사람이라곤 생각지 못했을 거다. 내게 결혼식은 또 다른 인생의 시작점이기도 했지만, 지긋지긋한 본가에서의 생활을 청산하는 날이기도 했다. 그래서 설렘보다는 뭐랄까 비장한 마음이 더 컸던 것 같다. 상견례 이후 결혼식 날까지 그 사이에도 크고 작은 에피소드들은 나를 괴롭게 만들었다.

십수 년 만에 딸 결혼 이야기를 들은 아버지는 엄마에게 양복 치수를 알려왔다고 한다. 황당함이 너무 커서 기분 나쁠 여유도 없었는데, 엄마가 더 노발대발이었다. 그렇게 내 결혼을 한 달여 앞두고 다시 부모가 목청 높여 싸우는 지긋지긋한 소리를 또 들어야만 했다.

"양육비 한 푼을 줬냐. 생활비를 줬냐. 딸내미 결혼한다는데 돈은 못 보탤망정 양복 타령이냐."

하도 소리를 지르며 통화를 한 터라 이미 모든 내용을 다 파악하고 있었음에도, 엄마는 또 내게 그 치사하고 치졸한 상황을 굳이 설명하며 전과 똑같은 강도로 분노했다.

분할만 했다. 지난 세월 자나 깨나 일 생각뿐, 여러 사람 상대하면서 힘들게 돈 벌어 자식을 건사한 건 엄마였다. 그래서 자식, 아니 딸에게만큼은 그 모든 설움을 털어놓고 이해받고 싶은 그 마음은 나도 짐작이 간다.

하지만 결혼식을 앞둔 예민한 시기, 다시 맞닥뜨린 부모의 갈등은 결코 내가 새로운 인생을 위한 준비에만 집중할 수 없게 했다. '역시 이 집에 있는 동안은 다가올 내 행복과 과거의 불행 사이에서 끊임없이 중심을 잡아야겠구나. 그렇게 마지막까지도 애를 써야 하는구나' 싶었다.

아직 한밤처럼 깜깜한 새벽, 샵에 도착해 메이크업을 시작했다. 스트레스를 많이 받아서일까. 피부는 완전히 뒤집어졌고, 코에는 엄청난 크기의 뾰루지가 올라와 있었다. '될 대로 돼라, 오늘만 지나가면 되니까.' 오로지 그 생각뿐이었다.

내 결혼식에 들뜬 건 오히려 엄마였다. 평소에도 미인 소리를 자주 듣는 엄마는 화장을 하지 않으면

슈퍼조차 가지 않을 정도로 외모에 신경을 많이 쓰는 편이었다. 그날 메이크업을 받는 내내 샵 직원과 하하호호 수다를 떨면서 뒷머리 위치를 세 번이나 조정했다. 심지어 내 드레스 헤어 조차도 애는 뒤통수가 없어서 머리를 높게 해야 한다고 강력히 주장하며 수정을 거쳤다. 그날은 정신이 없어서 몰랐는데, 나중에 사진을 보니 '세상은 요지경'을 불렀던 가수 신신애 머리와 똑같았다. 샵 직원들도 지쳤는지, 말도 안 되는 요구사항을 그냥 들어줬던 것 같다.

메이크업 샵에서는 '정말이지 내가 왜 이럴까' 싶을 정도로 엄마 목소리가 듣기 싫어 미칠 것 같았다. 그래서 거울도 제대로 보지 않았고, 내가 예뻐지는 것에는 전혀 신경을 쓰지 못했다. 오로지 무언가 차오르는 감정을 억누르는 데에만 집중해야 했다. 내 결혼식에 들떠 보이는 엄마의 모습, 전혀 나쁠 일이 아닌데 왜 이렇게 화가 날까.

속으로 '네가 이상한 거지, 네가 예민해, 네가 좀 과해. 네 엄마 그래도 고생하면서 이만큼 살아왔는데, 이런 날 들뜰 수도 있잖아' 하고 스스로 달래면서도, 치밀어 오르는 형체 없는 감정을 다스리기가 너무 힘들었다.

문제는 내가 이런 걸 다 안다는 것. 알고 있으면서도 내 마음이 마음대로 되지 않는다는 것. 그 이유를 모른다는 것. 결론은 내가 늘 나쁜 년인 쪽으로 난다는 것. 그래서 늘 가슴 한가운데가 텅 비어 있는 것 같았나 보다.

예식장으로 가는 차 안, 그날 동행한 친구는 사진을 찍어주겠다며 좀 웃어보라고 했지만, 정말이지 웃음이 나오질 않았다.

그 힘겨운 시간을 지나, 마침내 예식이 시작됐다. 주례 없는 결혼식으로 혼인 선서와 함께 해외에 있어 오지 못한 친구들의 영상 편지가 나왔고, 축가가 이어졌다. 틀에 박힌 방식이 아니라서 분위기는 나름 화기애애했다.

예식의 마무리 단계, 양가 부모님께 인사. 먼저 신부 측부터 인사를 하는데 그때 처음으로 아버지의 실루엣을 보았다. 식전에도 따로 인사를 나누지 못했던 터라 나는 그대로 굳었다. 고개를 숙여야 하는 타이밍을 놓쳐 어정쩡하게 서 있는 자세로 넘어가 버린 것이다. 그다음 남편 측 부모님께 인사를 드릴 때가 되어서야 제대로 허리를 숙여 인사했다. 이날 결혼식은 남편 ROTC 후배들의 장난스러운 예도 덕분에 웃으면서 끝을 맺었다.

결혼식이 끝나고 난 뒤 뷔페에서 아버지와 간단히 인사를 나눴다. 사실 인사를 나눴다기보다는 밥을 먹고 있는 우리에게 다가와 아버지가 어색한 말투로 "그래, 니들 잘 살아라, 응?" 하고 뒤돌아 간 것이 전부였다.

본지 너무 오래돼서일까? 백발이 성성해진 아버지의 모습은 오히려 측은해 보이기까지 했다. 하지만 그걸로 끝. 더 이상 아버지는 내 마음속에서 어떤 자리도 차지하고 있지 않았다. 가득 찬 건 오로지 엄마뿐이었다. 어쨌든 드디어 끝. 공식적으로 출가외인(남녀 차별을 상징하는 대표적인 단어로 꼽히지만, 난 정말이지 출가외인이 되기를 소망했다)이 되었다.

본가에서 아주 멀리 떨어진 곳에 살림을 차렸으니, 엄마와 그렇게 물리적으로 거리가 생기면 우리 사이도 조금은 편해지겠거니. 결혼하면 친정엄마 생각이 제일 많이 난다던데, 나도 결국은 그렇게 되겠거니 기대했다. 막연히 그런 소망을 하며 신혼여행지인 파리로 떠났다.

그렇게 고아 같은
마음이 들었다

　이제 '우리 집'이 된 신혼집에서의 생활은 상상 이상으로 평화로웠다. 동쪽 집으로 쏟아져 들어오는 아침햇살은 황홀했다. 일찍 일어나 남편을 위해 아침도 차려보고, 남편이 출근한 시간에는 그동안 보지 못했던 책을 쌓아두고 읽었다. 그러다 기대앉은 소파에서 그대로 단잠에 빠지기도 했다. 혼자 때우는 끼니도 예쁘게 차려 먹었고, 운동도 열심히 했다. 오롯이 내 취향으로 꾸미고 채운 공간 속에서 누구도 내게 말을 걸지 않았다. '너는 이상하다고' 말하지 않았다. 그 고요가 주는 안정감은 정말이지 달콤했다.

회사를 그만두고 먼 타지에 살림을 차리게 됐다고 했을 때 외롭지 않겠느냐는 질문을 많이 받았지만, 몰라서 하는 말. 그런 외로움 따위는 두렵지 않았다. 가족과 한집에 살면서도 느꼈던 처절한 외로움에 비할까. 아직 나를 아무도 모르는 곳, 낯선 곳에서의 일상은 생각보다 더 자유로웠다.

결혼 전에는 사보 회사에 다녔는데 나와 잘 맞았다. 연구원부터 의사, 교수, 농부, 암 환자, 자영업자 등 다양한 분야의 사람들을 만나서 이야기를 듣고 글로 풀어내는 취재기자로서의 일은 늘 긴장되면서도 새로웠고, 그래서 이 일만큼은 계속해서 이어가고 싶다는 바람이 있었다. 너무 멀리 떠나온 탓에 프리랜서로서의 삶이 이어질 수 있을까 싶었지만, 알음알음 일이 끊이지 않을 정도로 들어왔고, 그 기간만큼은 직장을 다닐 때보다 오히려 수입도 좋아져서 결혼생활의 만족도는 더 높아졌다.

신혼 초, 남편의 일 특성상 2주에서 3주 정도 되는 긴 출장이 잦았는데, 그때마다 나도 업무를 위해 친정에 머물러야 하는 일이 왕왕 생겼다. 일단 결혼이라는 과정을 지나와서일까, 아니면 물리적으로 서로 부딪히는 시간이 줄어서일까. 엄마도 나도 서로에게 조금 더 조심스러워진 듯했다. 전과 같은 불편함 역시 크게 느껴지지 않았다. 떨어져서 지내다 보니 약간의 애틋함, 다시 만났을 때의 반가운 감정까지도 생겼다. 하루에 꼭 몇 번씩 이어지는 남의 단점에 대한 수다도 그럭저럭 들어줄 만했다.

결혼 후 일 년이 다 되어갈 무렵, 우리에게 아기가 찾아왔다. 사실 마음 같아선 2년 정도 신혼생활을 만끽하고 싶었다. 하지만 시부모님께 손주를 보여드리고 싶다는 생각에 조금 이르게 준비를 시작했는데, 그야말로 시작과 동시에 기다렸다는 듯 지금의 딸이 찾아와 주었다.

돌이켜보니 그때의 나는 빨리 시댁의 구성원으로 편입되고 싶었던 것 같다. 은근히 손주를 기다리는 듯한 어른들의 지나가는 말씀에 나도 모르게 마음이 조급해지기도 했다. 아이를 낳아야만 진짜 가족이 될 것 같은 막연한 불안감, 아무도 내게 뭐라 하지 않았지만 스스로 그런 부담을 가졌다.

시부모님은 거의 모든 대화에 농담이 섞여 있다고 봐도 될 정도로 유머러스하신데, 어머님의 이야기는 듣고만 있어도 너무 웃겨서 광대가 아플 지경이었다. 어머니는 힘들었던 과거사도 웃음으로 승화시키는 달변가였다. 아버님은 말수가 적은 편이시지만 다정했다. 남편의 누나와 함께 식사하는 자리에서 누나 밥그릇 위에 김을 올려주는 모습을 봤을 땐 나도 모르게 눈가가 시큰해져 감정을 추스르느라 혼났던 기억이 있다.

그렇게 무심하면서도 따뜻한 행동을 본 건 처음이라, 또 그걸 부럽게 바라보는 내가 혼자 가여워서 마음이 좀 힘들었다. 물론 시댁에 있는 게 내 집처럼 편하지는 않았으나, 그래도 즐거웠다. 특히 온 가족이 밥상머리에 모여 술 한 잔씩 걸치며 화기애애하게 이야기를 나누는 풍경은 낯설면서도 좋았다. 게다가 손맛 좋은 어머님의 제철 나물이며, 수

육, 오이지, 장아찌, 국까지 입맛에 너무 잘 맞아 전에 없던 집밥 먹는 재미도 쏠쏠했다. '나도 이 가족의 진짜 일원이 되고 싶다.' 둘러앉은 식탁에 끼어 웃으면서도 그렇게 고아 같은 마음이 들었다.

그리고, 임신 소식을 알게 된 그날부터 지옥 같은 입덧이 시작됐다. 비스킷 한 조각도, 사탕 한쪽도 들어가는 대로 이자를 보태 쏟아져 나왔다. 엄마도 입덧이 그렇게 심했다던데, 이랬겠구나 생각이 들었다.

어느 날 새벽에는 엄마가 해준 불고기와 호박전, 참치 샐러드가 먹고 싶어서 눈물을 훔치기도 했다. 임신하면 엄마 생각이 많이 난다더니 정말 그랬다.

'이렇게 우리의 관계도 서로의 입장을 이해하면서, 다독여가면서 나아지는 걸까' 싶었다. 그런 생각을 하면 힘든 입덧도 엄마의 고통을 함께 경험하게 된 것 같아 혼자서 한 뼘 더 가까워진 듯한 마음마저 들었다.

순진하게도…….

요즘 세상 애 낳는 건
신선놀음

입덧은 6개월 무렵까지 계속됐고, 그 사이에도 남편이 여러 번 출장을 떠나면서, 임신 기간 동안 친정에 머무른 날들이 꽤 있었다. 어차피 엄마는 일을 했기 때문에 따로 보살핌을 받은 건 아니지만 그래도 남편이 없는 기간에는 집에 혼자 있는 것보다 친정에 지내면서 친구들이라도 자주 만나는 편이 낫다는 생각 때문이었다.

하지만 입덧 때문에 친정집에 가고 싶다는 생각이 들다가도, 막상 가면 금세 다시 우리 집으로 오고 싶어졌는데 바로 '엄마와 아들'을 보고 있기가 불편해서였다. 엄마는 늘 아들, 즉 남동생에게는 쩔

쩔매는 타입이었는데 나와는 전혀 다른 그 태도를 이해하기 힘들었다.

당시 동생은 공무원 시험을 준비 중이었고, 엄마는 중요한 시험을 앞둔 아들의 심기를 건드리지 않기 위해 늘 긴장하고 있었다. 냉동실에 얼려뒀다 데운 밥을 내어주자, 냉장고 냄새가 난다며 밥투정하는 다 큰 아들에게 '잠시만 기다려라, 금방 새 밥을 해주마'라며 쌀을 씻는 엄마였다.

집에 잠시 와 있는 누나에게도 '너희 집으로 돌아가라'며 온갖 히스테리를 부리는 동생을 보고도 엄마는 그저 '네가 참으라'고만 했다. 늘 그런 식이었다. 수능이 끝나고부터 결혼하고 나서도 돈 버는 일을 멈추지 않았던 내게는 그게 당연하다고 했고 심지어 내가 생활력이 강한 건 불행한 가정사가 한몫했다며 농담인지 진담인지 모를 뜨악한 발언들도 서슴지 않았지만, 동생이 어쩌다 서빙 아르바이트라도 한 달 하면 행여 몸이 닳을까, 서러울까 그저 안쓰러워 밤 열두 시에도 삼겹살을 구워 바치던 엄마였다.

심지어 집으로 배달된 운동기구도 동생은 조립하는 시늉만 하다 포기하고, 결국 배부른 내가 낑낑거리며 완성했다. 그런 동생을 보며 엄마는 '재가 지 아빠 닮아서 손이 야무지지를 못하다고, 참 일머리 없다'며 들어가란 말뿐이었다.

처음엔 배 속 아이가 아들이었으면 했다. 딸로서 사는 일이 참 버거웠어서, 내 자식에게만큼은 그런 짐을 지우고 싶지 않았다. 그리고 만일 첫째가 딸이라면 절대로 둘째는 갖지 않겠다고 혼자서 굳은 다짐도 했었다. 지독하게도 차별적인 내리사랑을 내 아이에게만큼은 겪게 해주고 싶지 않았다.

산부인과에서 '공주님'이라는 말을 듣는 순간, 뭐랄까 마음이 한 칸 툭 내려앉는 느낌이 들었다. 엄마를 그토록 싫어하는 내가 딸을 키울 수 있을까. 내가 괜찮은 엄마가 될 수 있을까. 수없이 많은 물음표가 파도처럼 밀려왔다. 그러다 불안한 마음 앞에 서서 다짐했다.

'아가야, 너는 외롭지 않게 해줄게. 다른 건 몰라

도 마음만은 통통하게, 구김 없게 채워줄게. 눈치 보지 않고 마음껏 명랑하게 해줄게.'

시간이 지나 '배가 남산만 하다'는 게 이런 뜻이었다는 걸 깨달을 수 있을 만큼 배는 부풀어 올랐고, 저녁부터 드디어 싸한 진통이 시작됐다. 그다음 날 아침 진진통이 와서 병원에 입원했고, 양가 부모님께 소식을 알렸다. 남편을 통해 양가 모두 아기를 낳으면 와달라고 부탁했지만, 진통 소식을 들은 엄마는 3시간이나 걸리는 거리를 달려서 기어이 내가 있는 병원으로 왔다.

불행과 트라우마의 시작이었다. 아이를 낳으면 오시라고 미리 이야기했던 상황이었지만, 그 약속을 깨고 달려온 이유는 다소 황당했다. 친구들이 딸이 아기 낳을 땐 친정엄마가 가야 한다고 했다는 것이다. 물론 틀린 말은 아니지만, 그건 보통의 모녀 관계에나 해당되는 얘기가 아닐까. 보아하니 정말 나에 대한 걱정보다는 친정엄마로서 걸맞게 보이는데 충실하기 위해 온 듯 보였다. 아무리 그래도 그렇지 내가 너무 꼬인 것 아니냐고? 그렇다면 이 이야기를 더 읽어주길 바란다.

　전날 저녁 일곱 시부터 시작된 진통은 다음 날 오후가 되도록 진전이 없었다. 이미 열두 시간을 넘겼음에도 자궁문은 3센티미터밖에 열리지 않았고, 그럼에도 분 단위 간격의 진통을 견디느라 나는 이미 진이 빠져 있었다. 애초에 그 산부인과를 택한 건 조용한 분위기 속에서 남편과 나의 교감만으로 진통을 이겨내기 위해서였다. 그래서 진행이 더디더라도 촉진제를 쓰지 않고 기다렸던 것인데, 엄마가 병실 문을 열고 들어옴과 동시에 내가 그렸던 출산의 로망은 무너져 내리고 말았다.

　빵을 가득 사 온 엄마는 일단 남편에게 먹으라며 갖가지 빵 종류를 내 앞에서 풀어놓기 시작했다. 진통하는 딸을 지키느라 사위가 허기질까 걱정하는 건 고마웠지만, 열두 시간째 물도 제대로 못 마시고 진통을 겪고 있는 건 나였다. 이번에도 엄마가 신경 쓰는 건 내가 아니구나 싶었다.

　엄마에게 우선순위는 대체 어떤 기준이었을까.

시간이 지날수록 진통은 더욱 심해졌지만, 내진한 간호사로부터 아직 멀었다는 말을 듣고 절망하고 있을 때, 엄마는 본격적으로 수다를 늘어놓기 시작했다.

하필이면 비가 오던 그날, 이 병원에 오던 길이 얼마나 미끄러웠고 안개가 심했는지에 대한 이야기. 당시 투병 중이시던 외할머니의 병원에서 할머니의 대변을 치우던 이야기. 살갑지 못한 외숙모에 대한 험담, 본인 친구 딸들의 출산기, 그리고 본인의 출산기까지 쉬지 않고 이어졌다.

역시 내가 우려했던 엄마의 모습. 절대로 악의는 없는, 그냥 본래 저런 사람. 딸이 아이를 낳는 그날까지도 그대로인 사람. 그냥 낳고 나서 알릴걸, 왜 남편을 말리지 못했을까, 후회해 봐도 늦은 뒤였다.

"얘는 소리를 안 지르네. 요즘에는 애 낳는 거 참 좋아졌다. 이렇게 독방에서 진통을 다 하고. 나 때는 옆에서 산모들이 얼마나 소리 소리를 지르고, 시끄러웠다고. 주사를 맞아서 그런가? 얘는 소리도 안 지르는 거 봐. 그때에 비하면 신선놀음이야. 신선놀음.”

소리를 지를 수 있었다면 골백번은 더 질렀을 거다. 엄마가 없었다면 좀 더 편하게 내지를 수 있었을 거다. 엄마가 소리를 지르면 아이가 숨을 잘 쉬지 못한다기에 이를 악물고 참고 있는데……. 그리고 나의 약한 모습을 엄마에게 보이기 싫어 죽을힘을 다해 참고 있는데……. 이미 24시간째 진통에 시달리고 있는 딸에게 '신선놀음'이라니.

당장 나가 달라고 소리치고 싶었지만, 내 출산 과정마저도 엄마와 싸우느라 망치고 싶지 않았다. 있는 힘을 다해 등을 돌리고 누워서 엄마를 외면하고 있었지만, 엄마는 내 뒤통수에다 대고 수다를 멈추지 않았다. 그리고 출산을 보러 갔다는 소식에 궁금해 전화를 건 친구에게 이렇게 말했다.

“요즘은 신선놀음이다 야. 신선놀음. 소리도 안 지르고 조용해.”

진통이 서른 시간째 이어지면서 나는 진이 완전히 다 빠져버렸다. 쉴 새 없이 떠들던 엄마도 보호자 침대에 앉아서 졸기 시작하고, 보다 못한 간호사가 어머니는 집에 가서 기다리는 게 좋겠다고 이야기하자, "그렇겠죠? 애가 너무 안 나오네." 하며 우리 집으로 갔다.

그리고 진통이 시작된 지 이튿날 되던 오전 아홉 시경 아이가 나오기 직전에 엄마가 돌아왔다. 지쳐서 울음이 터진 나를 보며 엄마는 "이제 진짜네. 진짜 아프네"라면서 손을 쓰다듬었다. 안타까워서 한 말이었을까. 분명히 그럴 거다. 약 올리려 한 말은 아니었을 테니.

그야말로 젖 먹던 힘까지 짜내서 세 번의 힘을 준 끝에 드디어 울컥, 아이가 쏟아져 나왔다. 38시간의 진통 끝에 만난 아이에게 처음으로 젖을 물리고 경이로운 출산의 순간을 맞이했다(다행히도 막바지 출산 과정은 남편만 내 곁에 있을 수 있었다).

그리고 아기가 우렁차게 우는 모습을 본 엄마는 마치 할 일이 끝났다는 듯, 내가 미역국 한술 뜨는 것도 보지 않은 채 가버렸다. 아이가 나오는 타이밍에 거의 맞춰 병원에 도착하신 시부모님은 그렇게 쌩 가버리는 친정엄마의 모습에 적잖이 당황하신 눈치였지만, 내게는 그리 놀라운 일도, 새로운 일도 아니었다.

서른여덟 시간의 출산 기억은 아직도 경이로움과 악몽이 뒤섞인 반반의 추억으로 남았는데, 특히 엄마의 '신선놀음' 발언은 두고두고 기억에 남았고, 시간이 지나도 똑같은 강도의 분노로 다가왔다. 언젠가 엄마에게 꼭 사과받고 싶었다. 아이의 돌이 다 되어갈 무렵, 엄마와 통화하던 중에 그 이야기가 나왔고, 나는 농담 반 진담 반으로 "엄마는 딸이 아기 낳을 때도 '신선놀음'이라고 한 사람이잖아. 나한테 언젠가는 사과할 거지?"라고 얘기했더니 발끈했다.

"너 같은 애 무서워서 무슨 말을 하겠느냐"는 거였다. 본인 아기 낳을 때 하고는 시설이며 상황이 너무 달라져서 그냥 한 말이었는데, 넌 그걸 마음에 담아두고 있느냐고 했다.

'그게 그렇게 서운했니, 내가 생각이 짧았다. 별생각이 있어서 한 말은 아니었는데' 정도로만 이야기했어도 어쩌면 너무 쉽게 풀릴 마음이었다. 미안한 기색이 조금이라도 있었으면 묻어두고 갈 수 있었을 텐데. 엄마의 그런 태도에 놀라 나도 속에 담아뒀던 말이 쏟아졌다.

"엄마는 내 인생에 중요한 순간마다 나타나서 다 망쳤지. 상견례 때도, 결혼식 때도, 심지어 애 낳는 날까지도."

"그러면 손주 태어나는 날 웃지, 우냐? 장례식장 가서도 사람들 웃고 떠들어. 애 낳는 게 무슨 격식 차릴 일이라고 가서 입 닥치고 앉아 있으리?"

물론 딸이 진통할 때 옆에서 엄마가 '신선놀음한다'라고 이야기할 수도 있다. 그 말의 의도도 백번 양보해 이해할 수 있다. 하지만 그 말이 상처가 됐다는 딸에게, 출산을 장례식에 비유하며 노발대발하는 엄마의 모습은 이해할 수 없었다. 내가 아무리 난리를 치고 울어도, 그게 아니라 제발 내 마음 좀 봐달라고 소리쳐도. 엄마는 눈과 귀를 막고 화만 낼 뿐이었다.

"네가 나랑 의를 끊고 싶어서 이러는 거지. 안 보고 살면 되겠네!"

결국 엄마는 전화를 먼저 끊었다.

자식은 부모의
측은지심으로 자란다

일주일 정도의 시간이 흘렀다. 엄마가 그렇게 전화를 끊어버리고 난 후, 정말이지 나도 다시는 연락을 하고 싶지 않았다. 며칠 동안 설거지를 하다가도, 운전하다가도 억울함에 북받쳐 눈물이 흘렀다. 엄마가 내게 모질게 대했던 기억들만 떠올랐고, 그 미움을 감당하는 일이 너무나도 힘들었다.

내가 바란 건 그저 약간의 미안한 기색이었다. 사과를 바란 것도 아니었다. 그저 그랬구나, 하는 인정의 말. 아니면 차마 용기 내지 못한 침묵이어도 좋았다. 당신으로 인해 마음을 다쳤다는 딸에게 그렇게까지 매정해야 했을까.

어른들의 지난한 삶 속에서 아이들은 어떻게 존재했을까. 그저 박제된 채 시간을 지나왔을까. 어른이 어른으로서의 무게를 지탱했던 것처럼, 아이들도 저마다의 무게를 버텨왔다. 그저 먹이고, 입히고, 재웠다는 이유만으로 자식 앞에 무조건 당당할 수 있는 건 아니란 말이다.

나는 엄마가 지닌 삶의 무게를 옆에서 또렷하게 바라보며 자라왔다. 그래서 미웠지만 불쌍했고, 어쩌면 성격이 이상해진 것도 그런 풍파 때문일 거라 짐작했다. 자식인 나는 이렇게 애써 엄마를 이해해 보려고 노력하는데, 엄마는 자신의 과거에 파묻혀 세상 누구도 자신보다 불행한 사람은 없다고 믿었다. 그런 자신 앞에서 아프다고 소리치는 내가 오히려 괘씸해 보이기만 하는 듯했다.

'내가 어떤 고생을 하면서 너를 키웠는데 네가 감히'라는 말이 나올 때면 난 늘 작아졌다.

그럼 난 어떻게 해야 했을까. 그런 엄마의 태도 때문에 평생을 남의 집에 얹혀사는 기분으로 지내야 했던 나는 어디서 위로를 받아야 할까.

내가 엄마가 되고 나서 가장 많이 생각하는 것, '자식은 부모의 측은지심으로 자란다'라는 것.

　돌이켜보니 내게 가장 필요했던 건 넉넉한 용돈도, 고기반찬도, 좋은 옷도 아닌 부모의 '측은지심'이었다. 우리 부모 둘 중 한 명이라도 날 좀 가여워해 주는 이가 있었다면 내 마음이 이렇게 망가지지는 않았을 텐데……. 스스로 강한 척하며 자라느라 마음 곳곳이 굳은살투성이였다.

　그럼에도 불구하고, 먼저 연락을 한 건 나였다. 다시 잘 지내보고 싶어서? 내가 잘못했다고 느껴서? 천만에. 전화를 끊기 전 엄마의 마지막 말이 마음에 걸렸기 때문이었다. "네가 나랑 의를 끊고 싶어서 이러는 거지. 그럼 안 보고 살면 되겠네!"

　평생 엄마로부터 정서적 가해를 받고 자라온 내가, 졸지에 모녀 관계를 먼저 끊어내는 가해자로 남고 싶지 않았다. 엄마의 논리대로라면 이대로 나는 그저 '천하의 독한 년'으로만 남을 것 같았다. 대체 내가 무얼 잘못했길래.

　엄마는 마치 아무런 일도 없었던 것처럼 과장되

게 다정한 목소리로 전화를 받았다. 앙금은 아래로, 아래로 가라앉는다. 사라진 것처럼 보여도 바닷속 모래처럼 가라앉아 작은 파동에도 금세 물을 흐리고 만다. 그 이후로 나는 친정으로 가는 횟수를 줄였고, 엄마와 부딪힐만한 모든 경우의 수를 줄여나갔다.

그리고 설 명절을 앞둔 어느 날이었다. 남편 회사에서 부부 동반으로 건강검진을 할 수 있는 기회가 생겨 대학병원에서 검사를 받았다. 출산을 한 지 일 년이 좀 넘은 시기라 추가로 복부초음파도 진행했다. 워낙 감기도 잘 걸리지 않는 건강 체질인 터라 검진이 끝나면 무얼 먹을지부터 고민하면서 검사를 받았다. 그리고 마지막 복부초음파 단계, 검진 의사가 한 곳을 계속 문지르더니 고개를 갸우뚱했다. 그러더니 간에 물혹이 보인다며 바로 CT를 찍어보는 게 좋겠다고 말했다. 물혹이라니? 찝찝한 기분이 들었지만, 인터넷에 검색해 보니 증상이 없는 물혹을 가지고 사는 이들도 꽤 많다고 해서 안심하려고 애썼다. 몇 주 후, 결과를 들으러 간 병원에서 너무나도 놀라운 결과를 전해 들었다.

　"크기가 꽤 크네요."라는 말로 입을 뗀 의사는 곧바로 모니터에 내 간의 사진을 띄웠다. 나는 너무 놀랄 수밖에 없었다. 의학적 지식이 전혀 없는 내게도 어마어마한 크기의 혹이 바로 보였기 때문이다. 10.5cm, 테니스공만 한 물혹이 내 간 한가운데에 떡하니 자리 잡고 있었다. 게다가 혹 안에 불순물도 보여서, 단순 물혹이라 예견하기도 어렵다고 했다. 그때 할 수 있는 건, 유모차에 앉아 말똥말똥 나를 바라보는 딸을 보며 엉엉 우는 일뿐이었다. 엄마가 울자 따라 울지도, 웃지도 못하던 아기의 표정을 아직도 잊지 못한다.

　의사는 물혹 크기가 워낙 커서 수술을 해야 하고, 혹을 떼어 낸 다음에야 조직검사를 할 수 있다고 했다. 그리고 물혹의 위치 때문에 간 가운데 부분을 도려내야 한다는 말까지 덧붙였다. 부위가 워낙 커서 복강경술은 불가능하고, 개복으로만 가능하다고 했다. '청천벽력'이라는 상투적인 표현이 그렇게 와닿았던 때가 있었을까. 내 뱃속에 그렇게 큰 혹이 들어있다니. 게다가 암일 수도 있다니. 지금부터 내가 뭘 해야 할지 도무지 감이 잡히지 않았다.

미친 사람처럼 울다가, 아이를 보며 또 웃다가, 괜찮을 거라고 스스로 다독였다가, 어느새 내 마음은 시한부 선고라도 받은 사람처럼 암울해졌다. 설을 앞둔 시점이라 명절을 쇠러 가야 했는데, 도무지 식구들 앞에서 웃고 앉아 있을 자신이 없어 시댁에 사실대로 말씀드리고, 그해 설날은 집에서 보냈다.

아무래도 개복수술은 너무 두려워서 혹시 서울로 가면 답이 있지 않을까 싶어 서울대병원으로 예약을 잡고 갔더니, 복강경과 개복술 반반의 확률이라고 했다. 수술 일정은 두 달 뒤로 잡혔고, 이 소식을 전해야 하는 사람 중 엄마에게는 가장 마지막으로 알렸다.

엄마는 내가 괜찮을 거라고 했다. 그까짓 거 떼면 그만이라고. 괜찮을 거라고. 진심을 담은 말이었겠지만, 길 가다 마주치는 누구라도 해줄 수 있는 말을 엄마에게서 듣는다고 내 기분이 나아지진 않았다.

그리고 수술을 한 달여 앞둔 어느 날, 엄마의 생일이었다. 일요일 아침 아이와 놀아주고, 끼니를 챙겨 먹이다 보니 어느새 오전 열 시가 훌쩍 넘어 있었다. 어차피 그 시간에 전화해 봤자 엄마는 교회에 있을 터라 열두 시가 지나 남편에게 전화를 부탁했다. 남편이 엄마에게 생신 축하한다는 말을 건네자, 전화기 너머로 생일을 잊었던 게 아니냐고 묻는 소리가 들려왔다.

"아니에요. 장모님. 교회 가셨을 시간이라 지금 전화 드린 거예요. 네. 네. 용돈 보내드렸어요. 맛있는 거 사 드세요."

당황하는 남편의 목소리, 그리고 전화기는 내게로 넘어왔다.

"너 엄마 생일 잊어버렸지? 그래서 지금 전화한 거지?"

전화를 넘겨받은 내게 엄마는 다짜고짜 이렇게 말했다. 아니라고 말해도 이미 엄마는 화가 머리끝까지 나 있었다.

　"엄마 생신날 와서 미역국도 못 끓여드리고 죄송하다고는 못할망정 아침에 전화 한 통도 안 하고, 딸년이라고 하나 있는 게 그렇게밖에 못하니? 네 시어머니한테도 그러니? 날 무시해서 그러는 거지? 나한테는 차라리 괜찮아. 너 시댁에 그러면 내 얼굴에 먹칠하고 다니는 거야. 알긴 아니?"

　분노에 찬 엄마가 폭포수처럼 말을 쏟아내서 나는 당황하고, 너무 듣기 싫은 나머지 전화기를 귀에서 떼고 말았다. 저 너머로 나를 향한 비난의 말은 계속 뿜어져 나오고 있었다. 그러니까 그때가 내 뱃속에 암일지도 모를 10.5cm짜리 혹이 자리하고 있었을 때의 일이다.

　그날 엄마는 교회에서 무슨 기도를 하고 나왔을까.

딸이 아플 때,
엄마가 할 수 있는 일

　한 달 여의 시간이 흐르고, 오지 않을 것만 같던 수술 날이 다가왔다. 그때까지 나와 엄마는 서로에게 연락을 하지 않았다. 입원 동안 아이는 시어머니가 봐주기로 하셨고, 나는 남편과 함께 서울행 기차에 몸을 실었다. 최대한 명랑하게, 아무 일 없는 듯, 병원 입원 시간이 되기 전까지 우리는 대학로에서 데이트를 즐겼다. 찜해두었던 맛집에 줄 서서 점심도 먹고, 학림다방에 가서 차도 한 잔 마셨다.

　그리고 뚜벅뚜벅 병원으로 향했다. 배 속에 물혹이 있다는 걸 알게 된 다음부터 식사 후 소화가 좀 어려워졌고, 과식을 하면 윗배가 더부룩하고 불룩

해지는 증상이 나타났지만, 일상생활에는 큰 문제가 없었다. 겉보기엔 이렇게나 멀쩡한데 그렇게나 큰 수술을 받아야 한다는 게 믿어지지 않았다.

입원 수속 후, 환자복으로 갈아입고 6인실 한쪽에 자리를 잡았다. 수술 전 이틀은 검사만 하면 됐기에 남편은 아이가 있는 집으로 돌려보내고, 혼자 병원에서 시간을 보냈다. 챙겨 온 책도 읽고, 일기도 쓰고, 꼬박꼬박 나오는 병원 밥도 잘 챙겨 먹었다. 그리고 수술 전날에는 폐를 펴는 데 필수적이라는 폐활량 연습도 열심히 했다. 알록달록한 세 개의 공이 들어있는 의료기구를 호스로 숨을 크게 들이마셔 공을 들어 올리는 거였는데, 이때까지만 해도 기운이 넘쳐서 남편이랑 동영상까지 찍어가며 낄낄댔다. 시시껄렁한 농담을 주고받으면서, 이것도 다 추억이라며 손가락으로 브이를 그리고 인증샷까지 남겼다.

입원하던 날 엄마에게 전화가 왔다. 엄마는 수술 전날에 병원에 오겠다고 했고, 나는 제발 오지 말아 달라고 했다. 내 인생의 중요한 일을 앞두고 굳이 또 엄마로 인해 감정을 상하고 싶지 않았다. 엄마는 내 말에 또 빈정이 상한 듯했다. 대신 수술 이후에 오라고 했더니 "수술 전이 중요하지, 다 하고 나서 뭣 하러 가니?"라는 답이 돌아왔다. 아직 사지 육신 멀쩡한 수술 전날 와서 얼굴 보는 일이 무슨 의미가 있을까 싶었지만 되묻진 않았다.

수술 당일, 수술용 레깅스를 챙겨 입고 누운 채로 침대에 실려 수술실로 이동했다. 누워서 바라본 병원 천장은 파노라마처럼 빠르게 스쳤다. 덜컹거리는 침대에서 링거대에 적힌 'F 29세 여' 글씨를 보며, 나 아직 이십 대구나, 같은 시답잖은 생각을 하면서 떨지 않기 위해 애썼다. 남편과 헤어질 때 울지 말아야지 다짐하고 또 다짐했는데, 수술실로 들어가는 자동문 앞에서 "나 손 한 번만 잡아주라" 하고 씩 웃어 보인다는 게 왈칵 눈물이 터지고 말았다.

감정을 추스를 새도 없이 침대는 수술실 안쪽으로 옮겨졌고, 수술 대기실에는 나 말고도 다른 수술 환자들이 연이어 들어왔다. 누운 채로 눈물도 닦지 못하고 훌쩍이자, 옆에 있던 아저씨가 물었다.

"무서워요?"

"그냥 자꾸 눈물이 나요."

"암이에요? 나는 간암인데 이번이 세 번째 수술이에요."

"전 아직 몰라요. 혹을 떼 내 봐야 알 수 있대요."

"아직 젊으니까 괜찮을 거예요. 한숨 푹 자고 일어나면 돼요. 너무 겁먹지 말고, 수술 끝나면 많이 걷고, 잘 먹어요."

그 말이 끝나자마자 아저씨는 먼저 이동했고, 나도 그 뒤를 따라 수술실로 옮겨졌다. 드라마에서만 보던 수술실은 어찌나 춥던지 온몸이 바들바들 떨릴 정도였다. 수술대에 누워 훌쩍이고 있는 동안 의료진은 차분하게 수술 준비를 이어나갔다. 양팔을 벌려 고정하고, 가슴 쪽에는 심전도 기기 같은 여러 선을 붙였다. 그리고 주치의가 들어왔다.

"왜 이렇게 울어요. 무서워서? 예쁘게 해줄게. 울지 마. 푹 자고 일어나요."

곧이어 마취가 시작됐고, 의사의 얼굴이 점점 흐 릿해졌다.

누군가 칼로 내 뱃속을 휘젓는 느낌, 내 장기를 믹서에 넣고 몽땅 갈아놓은 느낌. 아주 날카로운 통증과 함께 겨우 눈이 떠졌다. 내 주변은 온통 신 음으로 가득했다. 수술이 끝나고 나서 막 깨어난 회복실 환자들의 아우성이었다. 갑자기 재채기가 나오는데 배가 너무 아파서 이러지도 못하고 저러 지도 못한 채, 내 발치에 있는 간호사에게 너무 아 프다고 했더니, 무신경한 얼굴로 "원래 아파요"라 고 말했다.

지옥에 있다면 이런 기분일까. 겨우 눈알만 굴려 시계를 보니 원래 예정된 4시간을 넘어 8시간은 지 나 있었다. 뭐가 잘못된 건가? 다시 잘 나오지도 않 는 목소리로 간호사를 불렀다. "저기요. 혹시 저 개 복했나요?" 역시나 심드렁한 대답이 돌아왔다. "네."

결국 배를 갈랐구나. 흉터 따위를 걱정할 겨를도 없이 그냥 무작정 엄청난 통증이 밀려왔다. 내 의

92

지로는 단 1cm도 움직일 수 없는 고통 속에서 난 그냥 송장처럼 누워서 견뎌내야 했다.

나중에 정신이 들고나서 남편에게 들으니 수술 도중 문제가 생겨 예상보다 시간이 훨씬 더 걸렸다고 했다. 알고 보니 간에 혹이 있는 것이 아니라 간과 가까이 있는 담관이 10cm 정도로 부풀어 있었다는 것이다. 그래서 담관을 제거하고, 잘라낸 부위를 소장, 십이지장과 다시 연결했다고 했다. 결론적으론 간을 잘라내는 것보다 훨씬 더 어려운 수술이라 개복을 할 수밖에 없었고, 중간에 담도 전문의가 두 명이나 더 투입될 만큼 복잡했다고 했다. 떼어 낸 조직에 악성종양이 있을 수도 있어서 최종 결과가 나오기까지는 일주일에서 열흘 정도의 시간이 걸린다고 했다. 수술 이후에도 결과를 예상할 수 없는 답답한 날들이 아직 열흘이나 남아 있었다.

수술이 끝난 후 장이 마비되는 걸 막기 위해서는 걷기가 필수라고 했다. 누운 자세에서 일어나는 데만 족히 삼십 분은 걸렸다. 다시 땅을 딛고 일어서기까지 십여 분. 내 몸뚱이 하나를 일으키는 일이

93

이렇게 큰 고통을 감내해야 하는 행위였다니. 어제 배를 갈랐는데 오늘은 걸을 수 있다니. 신기하고 괴로웠다. 나는 링거대에 의지해 병동 복도를 뱅뱅 걷고 또 걸었다.

엄마는 수술이 끝나고 이틀이 지난 주말에 병원에 왔다. 또각또각 소리가 나는 하늘색 구두를 신고, 곱게 화장을 하고 양손에는 짐을 가득 든 채였다. 병실에 들어온 엄마는 나를 보는 둥 마는 둥 하더니, 내 출산 당일 그랬던 것처럼 짐부터 풀었다. 커다란 장바구니에서는 애플망고, 청포도, 풋사과 등 갖가지 과일이 나왔고, 다른 쇼핑백에는 간식거리인 빵이 가득 들어 있었다.

"이건 다 씻어 놓은 거니까 그냥 먹어도 돼. 애플망고가 얼마나 비싸던지, 살까 말까 하다가 그냥 샀네."

그러더니 남편에게 "자네, 밥 먹었어? 잠깐 나가서 같이 밥 먹고 올까?"라고 했다. 곧이어 그제야 내 생각이 났다는 듯이 "아참, 애 혼자 못 있나?"라고 했다. 차라리 안 보는 게 편할 것 같아, 눈을 질 끈 감았다. 잠깐 자리에 앉은 엄마는 내 팔목을 보더니,

"어머, 얘 손목 얇아진 것 봐. 이참에 다이어트 제대로 되겠다."라며 내게는 전혀 농담처럼 들리지 않는 농담을 던졌다.

엄마는 겨우겨우 몸을 일으켜 병동을 걷는 내 모습을 보면서 자신의 수술 경험담을 늘어놓았다. 자신은 복강경 수술을 해 다행히 이제 흉터는 전혀 없다고 했다. 배에 20cm가 넘는 흉터가 생긴 내 앞에서 말이다. 출산하던 날의 악몽이 되살아났다. 어째서 엄마는 나의 고통 앞에서 이렇게도 어찌할 바를 모른단 말인가.

엄마는 정말 몰랐다. 그 순간 자기가 무얼 해야 하는지, 무얼 해줄 수 있는지를. 그래서 생각과는 달리 행동과 말이 부자연스럽게 나오고 있다는 걸 나는 느낄 수 있었다. 그러나 그것도 이해하고 싶지 않았다. 이런 치레도 필요 없으니 그냥 제발 빨리 내 눈앞에서 사라져 줬으면 싶었다.

엄마가 가고 나서 며칠이 지났을까. 수술 후 회복기에 들어선 줄 알았던 내 상태가 점점 나빠지기 시작했다. 원인불명의 고열과 오한, 구토 증상이 시작된 것이다. 정맥이 아닌 동맥에서 피를 채취하고, 온갖 검사가 이어졌다. 설상가상 혈압도 점점 낮아져서 담당 의사는 나를 중환자실로 이동시키라는 지시를 내렸다.

중환자실에서
고아가 되었다

중환자실은 다른 세상이었다. 내 침대가 자동문을 지나자 서너 명의 간호사가 나를 둘러싸고 자리로 이끌었다. 옮겨 누운 뒤에는 곧이어 소변줄을 꽂았다. 다시 수술 직후처럼 화장실도 갈 수도 없고, 내 마음대로 몸을 일으킬 수도 없는 통제 불능의 상태가 되었다. 중환자실의 소음은 나를 더 불안하게 했다. 너무 환한 조명, 불규칙 적인 기계음, 간간이 들려오는 환자들의 신음. 시선이 닿는 곳에 기도에 호스를 꽂고 있는 할아버지가 있었고, 양손이 천장 쪽으로 묶여있는 환자도 있었다.

당연한 얘기겠지만 그곳에서 일하는 의료진들은

나와는 달리 매우 침착했다. 본인들끼리 농담을 하며 웃기도 하고, 내게는 보호자에게 가족사진을 부탁해서 가져오면 잘 보이는 곳에 붙여주겠다고도 했다. '내가 여기 얼마나 있을 예정이길래, 사진을 붙여준다고 할까.' 나는 더 불안해졌다. "아니에요. 저 금방 나갈 거잖아요." 고열에 따르는 오한 때문에 온몸을 떨면서도 난 그렇게 말했다.

내 상태가 좀처럼 좋아지지 않자 남편은 결국 육아휴직을 내고 내 간호에 매달렸다. 괜찮다고, 나 혼자 있을 수 있다고 말해주고 싶었는데, 그가 내 옆에 있어야만 그래도 좀 숨 쉴 것 같아서 이기적으로 그의 축축한 손을 잡고 미안함에 눈물만 흘렸다.

거의 한 달 가까이 입원 생활을 하면서 아침마다 피를 뽑고, 사흘에 한 번씩 링거 자리를 바꾸는 데도 어느 정도 익숙해졌다고 생각했는데, 중환자실은 예외였다. 이곳에서는 십오 분 단위로 혈압 체크, 한 시간 단위로 혈액검사가 이루어지는데, 매번 주사를 찌르는 고통을 덜기 위해 정맥이 아닌 동맥에 바늘을 꽂아 연결하는 일명 A라인을 잡아야 했다.

아직 중환자실의 낯선 소리와 냄새에도 익숙해지지 않았는데 한 의사가 다가와 5cm는 족히 넘어 보이는 굵은 바늘로 내 손목의 동맥을 찔렀다. 본인도 내가 고통스러울 거라는 걸 알아서인지 떨리는 기색이 역력했는데, 결국 계속 성공하지 못했다. 마취를 하면 부어서 혈관 찾기가 더 힘들다며 서너 번이나 다시 시도했는데도 실패했다. 바늘을 그냥 넣는 게 아니라 혈관을 따라 이리저리 쑤시는 느낌이라 도저히 맨정신으로는 견디기 힘든 고통이었다.

오후가 되자 다른 의사가 왔다. 다음 타임 의사에게 인계한 모양이었다. 그는 조그맣게 생긴 초음파 기계까지 가져와서 공을 들였지만 오른 손목과 왼 손목 그리고 오른발등과 왼발등의 동맥을 모두 쑤시고도 라인을 잡지 못했다. 결국 중환자실의 가장 선임이라는 교수가 나타났다. 이젠 제발 그만해 달라고 울부짖는 내게 그녀는 "이거 제가 여기서 제일 잘해요. 제가 못 하면 못 하는 거예요."라며 호기롭게 주사를 들었지만, 결국 실패. 그리하여 나는 다시 한 시간 단위로 동맥에서 그대로 피를 뽑아야 했다.

매 시간 나타나는 인턴은 나를 안쓰러운 얼굴로 바라보며 "많이 힘드시죠."라면서도 알코올 솜으로 손목을 닦고 여지없이 손목 정 가운데에 주사를 꽂아 넣었다. 그날 새벽 3시경, 잠시 선잠이 들었는데 갑자기 엄청난 추위가 또다시 나를 덮쳤다. 다시 열이 40도 가까이 오르고 오한이 시작됐다. 때마침 주변에 간호사는 없고, 누구를 소리 내어 부를 정도의 힘도 없는 상태라, 그저 반 기절 상태로 누가 지나가기만을 간절히 기도했다. 그렇게 얼마 뒤 한 간호사가 덜덜 떨고 있는 나를 발견하곤 일단 열이 너무 높으니 양 겨드랑이에는 아이스팩을 끼우고, 이불 안으로는 따뜻한 바람이 나오는 호스를 넣어주었다. 그 차가움과 따뜻함 사이 어딘가에서 난 기절하듯 잠시 잠에 들었고, 또 시간 맞춰 나타난 인턴에게 손목을 내어줬다. 그 날카로운 통증은 아직도 생각하면 소름이 돋는다.

아이가 너무 보고 싶어서, 잠시 정신이 들면 핸드폰 속 사진을 들여다보며 울었다. 힘이 없어 흐

느끼지도 못하고 그저 한쪽으로 눈물을 흘려보내는 게 전부였다. 나는 언제 여기서 나갈 수 있을까. 과연 내 몸이 나아지기는 하는 걸까. 이 지독한 추위에선 언제쯤 벗어날 수 있을까. 홀로 북극 어딘가 허허벌판에 서 있는 느낌이었다.

다행히도 이튿날 나는 다시 일반병실로 돌아올 수 있었다. 수술 이후 회복하는 과정에서 혈액 속에 항생제 내성균이 자라 이상 고열 증세가 나타났다고 했다. 'VRE'라는 균이었는데, 일반인들의 몸속에도 있는 장내 세균이지만 몸이 약한 환자들에게는 치명적일 수 있다고 해서 나는 1인실로 격리됐다. 이후 내 병실에 들어오는 모든 의료진은 일회용 비닐 가운을 입고 라텍스 장갑을 낀 채로 나와 접촉했다. 복작거리는 6인실에 있다가 1인실로 오니 확실히 편하긴 했다. 그러나 같은 병실에 있던 사람들은 병원 복도에서 나를 마주쳐도 은근히 피하는 게 느껴졌다. 서운한 감정이 들지는 않았다. 다만 어딘가로부터 동떨어져 나온 사람들의 감정을 이해하게 됐다고나 할까. 직접 접촉이 아니면 균을 옮길 가능성은 없다고 했지만, 검사를 가는 일 외에는 나는 되도록 병실 안에서만 머물렀다.

중환자실에서 나온 지 이틀 정도 지났을 때, 문득 엄마한테 연락이 없다는 게 떠올랐다. 며칠 전까지만 해도 하루에 한 번씩 전화하라는 미션(?)을 주던 엄마였다. '네가 자고 있을지 몰라서 전화를 못 하겠으니, 네가 내게 전화하라'는 다소 황당한 제안에 나는 '숙제하듯 그러고 싶지는 않다'라고 대답했었다. 남편에게 엄마의 소식을 물으니 믿기 어려운 답이 돌아왔다.

"이제 너희와 연락을 하지 않겠다"라고 선언했다는 거였다.

그러니까 내가 중환자실에서 바늘로 동맥을 찌르는 고통을 겪고 있을 때, 북극 얼음벌판에 홀로 놓여있는 듯한 추위에 온몸을 떨고 있을 때, 남편은 중환자실 보호자 대기실에서 엄마의 신세 한탄을 들어야만 했다고 했다. 그날 나와의 마지막 통화에서 엄마는 뭘 느꼈던 걸까. 어쨌든 또 단단히

102

화가 난 모양이었다.

이해받고 싶은 엄마는 사위에게 자신이 어떻게 살아왔는지, 얼마나 힘들었는지, 그럼에도 딸년은 자신에게 얼마나 냉정한지에 대해 설명하고 또 설명했다고 했다. 그런 구구절절함으로 얻고 싶었던 건 자신에 대한 동정이었을까. 아니면 지독하게 차가운 딸의 실체를 밝히는 일이었을까. 그때 알았다. 사람은 몸이 건강해야 그나마 마음을 다잡을 수 있다는걸. 몸이 완전히 망가진 상태에서 남편에게 전해 들은 그 말에 대한 분노는 고스란히 다시 신체적인 고통으로 돌아왔다. 내겐 스스로 마음을 다독일 여력이 모조리 소멸된 상태였다.

'아, 드디어 나는 완전히 버림받았구나. 이제는 정말로 엄마를 미워해도 되겠다. 이해하려 애쓰지 않아도 되겠다.'

이렇게 되려나 싶었는데 그 시각 이후로 먹는 모든 음식을 몸이 거부하기 시작했다. 마치 입덧할 때처럼 속이 메슥거려서 새콤한 사탕 하나만 입에 물어도, 신물이 올라와 몇 번이고 화장실을 들락날락

해야 했다. 이 증상의 원인을 찾기 위해 또 엑스레이를 찍고, CT를 찍고, 피를 뽑았지만 역시나 별다른 이상은 없었다. 제대로 먹을 수도, 잘 수도 없었고, 머릿속은 엄마에 대한 참을 수 없는 분노로 복잡했다. 그리고 회진 온 전공의에게 울면서 말했다.

"저 몸이 아니고 마음이 아픈 거 같아요. 저 좀 도와주세요."

그다음 날 정신건강의학과 교수님이 내 방으로 찾아왔다.

그럼에도
너의 엄마라는 말

남편에게 남겼다는 엄마의 마지막 말, '이제 너희와 연락을 하지 않겠다'. 그 말은 진짜 연을 끊겠다는 뜻이 아니라, '딸인 네가 나에게 와서 다시 고개를 숙이라'라는 뜻임을 나는 알았다.

그 얘기를 듣고 난 후 다시 시작된 구토와 두통 증상을 겪으면서 욕지기가 일었다. 남편이 듣건 말건 험한 말이 나도 모르게 입 밖으로 불쑥 튀어나왔다. 도무지 주체할 수 없는 감정이었다. 그리고 남편에게도 화가 났다.

대체 당신은 엄마의 그런 부당한 이야기를 듣고만 있었느냐고, 내가 사경을 헤매고 있는데 자신의 설움 따위나 지껄이는 말들이 곧이곧대로 들리더냐고, 누워있는 날 대신해서라도 분노해 줄 수는 없었느냐고.

미친년처럼 노려보면서 쏘아붙였다.

남편은 그럴 수 없었다고 했다. 그럼에도 '너의 엄마'이기 때문에…….

다시 또 '엄마'라는 굴레에 빠져버렸다. 엄마는 딸을 자식으로 여기지 않는데 딸은, 사위는 그 자리를 그렇게 존중해야만 하는 것일까. 분노도 할 수 없는 것일까. 내 속도 모르고 교과서 같은 대답을 내놓는 남편이 그날은 전혀 고맙지 않았다. 나는 오롯이 '나'일 수 없는 것일까. 지독하게 답답하고 외로웠다.

정신과 교수는 보호자용 의자에 앉았다. 그녀가 내게 뭐라고 첫 질문을 던졌는지도 기억나지 않는다. 그냥 내가 그동안 누군가에게 해보고 싶었던 말, 그러나 그런 마음조차 부끄러워 누구에게도 쉽사리

꺼낼 수 없었던 나의 기억과 감정들을 토해내듯 쏟아냈다. 그녀는 그저 가만히 듣고만 있었다. 이해한다거나 공감한다는 느낌은 받을 수 없었지만 그래도 상관없었다. 가슴속에 응어리진 이야기들을 누구에게라도 털어놔야만 살 수 있을 것 같았다.

모노드라마를 찍듯 엄마를 증오하게 된, 미워할 수밖에 없는 수도 없이 많은 이유를 쏟아내는 와중에도 나는 말끝마다 변명하듯 이런 말을 덧붙였다.

"물론 엄마도 힘들었을 거예요. 내가 아이를 낳아보니 애를 혼자 키운다는 게 얼마나 힘들지 상상도 안 돼요. 몸이 아프기도 했고, 삶도 고됐겠죠. 딸한테 이해받고 싶었을 거예요. 하지만 나는 그렇게 해주지 못했죠. 엄마가 힘들지 않았다는 게 아니에요. 나도 이해가 필요했다는 거예요. 그때는 너무 어렸고, 지금은 너무 아파요. 힘든 마음을 가눌 수가 없어요. 그런데 어떤 때는 이런 제가 너무 싫어져요."

한참 내 이야기에 귀를 기울이던 교수는 이렇게

말했다.

"환자분이 독감에 걸렸어요. 열이 나고, 기침도
나요. 그런데 다른 사람은 더 심한 병에 걸려 투병
하고 있어요. 그럼, 환자분이 아픈 건 안 아픈 게 되
나요?"

"그렇진 않죠."

"바로 그거예요. 환자분도 아파요. 어쩌면 더 아
플 수도 있죠. 고통을 겪는 사람은 바로 자신이니
까. 누구에게 설명하거나 허락을 구할 필요도 없는
일이에요. 죄책감 갖지 마세요. 자신의 아픔에 좀
더 당당해져도 돼요. 자꾸 이유를 덧붙이지 않아도
괜찮아요."

의사가 으레 환자에게 설명하듯 건조한 말투였
는데, 지금껏 누구에게 들었던 말보다 명쾌했다.

'그래도 너의 엄마니까, 네가 이해해야지. 네가 불
쌍하게 여겨줘야지. 어쩌겠니'라고 말하지 않았다.
아무도 내게 그렇게 말해준 적 없었다. 누구도 내게
그렇게 말해줄 거라고 상상해 본 적도 없었다.

아파도 되는 거였다니. 미워해도 되는 거였다니.

엄마를 죽도록 미워하면서도 가슴 저 깊은 곳에서는 이런 나 자신이 늘 부끄러워서 괴로웠는데 조금이나마 해답을 찾은 느낌이었다.

그러면서도 교수는 엄마가 내 병실을 찾아왔을 때 과일과 음식을 싸 온 이유에 대해 생각해 보라는 미션을 줬다. 그 먹지도 못할 과일에 엄마의 애정이라도 담겨 있다는 대답을 원하는 건가. 그녀의 한마디 말에 순간 위로를 받았으면서도 내게 낸 그 숙제는 몹시 불편하게 느껴졌다. 밤새 그 답에 대해 생각하다가 잠도 자지 못하고 몇 번의 구역질만 반복했다.

다음날 만난 의사에게 난 이렇게 답했다.

"보여주기식 겉치레죠. 수술을 끝낸 내가 먹지도 못할 음식들, 본인이 나한테 이만큼은 했다는 걸 보여주기 위함과 자기 위로, 그 이상도 이하도 아니라고 생각해요."

교수가 낸 질문에 답하기 위해 머릿속 회로를 돌리는 과정은 괴로웠다. 생각하면 할수록 머리가 아닌 속이 뒤집어졌다. 아무것도 먹지 않은 속에서

위액까지 토해내야 했다. 그녀는 내게 약을 처방했
다. 하루아침에 해결될 문제가 아니고, 우울의 정도
가 상당하다고. 퇴원 후에도 집에서 가까운 정신과
를 찾아 상담을 이어가는 게 좋겠다고 했다.

　얼마 뒤 나는 퇴원했다. 아침 점심 저녁으로 챙
겨 먹는 수술 후 복용 약과 함께 항우울제도 처방
받아서. 나는 그렇게 말로만 듣던 우울증 환자가
되었다.

괜찮은 게
아니었다

　내 병의 경우 기형적으로 부풀어 오른 담관을 떼어내는 것으로 치료는 종결됐다. 다만 소장과 십이지장을 복잡하게 연결했기 때문에 수술 부위에서 염증이 생길 수도 있다고 했지만 그건 내가 조절하거나 예방할 수 있는 일이 아니라고 했다. 우선 3개월에 한 번씩 CT를 찍고 경과를 지켜보기로 하고 퇴원했다.

　병원 지하에 있는 편의점에서 콩순이 인형을 사들고 집으로 향했다. 한 달 반 만에 만난 아이는 오랜만에 나타난 엄마가 낯선 건지, 미운 건지 한동안 곁에 다가오지 않았다. 병원에 있는 동안 체력

도 너무 안 좋았고, 설상가상 폐에 물이 차 호흡에
도 문제가 생겨 코에 산소 줄을 연결하고 지냈던
터라 아이와 영상통화도 하지 못했었다. 오히려 얼
굴을 보면 마음이 약해져 아이나 엄마 둘 다 힘들
거라는 시어머니의 조언도 있었고.

엄마는 미울지언정 손에 들려온 인형은 마음에
들었는지 아이는 콩순이의 옷을 벗겼다가 입혀주
기도 하고, 물 먹이는 시늉도 하며 재밌어했다. 그
래도 좋았다. 가까이서 바라볼 수 있고, 냄새를 맡
을 수 있고, 다가가 손이라도 만져볼 수 있어서.

우울증 진단을 받고 퇴원했지만, 아이와 가족이
있는 일상으로 돌아오고 나니 마치 그런 일은 없었
던 것 같았다. 남편은 수술 부위가 아직 불편해 복
대를 차고 어기적거리며 걷는 내 모습이 꼭 티라노
사우르스 같다며 놀렸지만, 아무래도 상관없었다.
링거가 꽂혀 있지 않은 자유로운 두 팔, 씻고 싶을
땐 언제든 씻을 수 있고, 푹신한 내 침대에서 잘 수
있었다. 편한 자세를 찾아 마음껏 뒤척일 수 있었
고, 이제 더 이상 새벽에 간호사가 문을 불쑥 열고

들어와 체온과 혈압을 재는 일 따위도 없을 터였다. 지겨운 알코올 솜 냄새와도 안녕이었다.

수술 이후 만난 전공의에게 가장 먼저 물어본 질문이 있었다. "퇴원하고 나면 12킬로그램 정도 되는 아이를 들어 올릴 수 있을까요?"

집으로 온 뒤 일주일 정도가 지나자, 아이를 천천히 들어 올릴 수 있게 되었다. 전과 달리 안기 전에 몸을 바짝 긴장해야 했지만, 그것조차 감사했다. 아이가 아직 이렇게 자그마한 것도, 그래서 이렇게 내 품에 쏙 품을 수 있는 것도 감사했다. 종교도 없으면서 하루에도 몇 번씩 허공에 대고 속으로 감사 인사를 올렸다.

엄마와는 연락하지 않기로 했다. 내가 먼저 하지 않는 이상 오지 않을 거란 걸 알고 있었지만, 이대로도 충분히 좋았다. 한 달이 지나 퇴원할 때 병원에서 받아온 우울증 약이 떨어졌지만, 우울하다는 기분이 들지 않았다. 많이 웃었고, 진심으로 행복했다.

문득 혼자 있는 시간에는 과거가 선명하게 떠오르기는 했다. 열세 살의 나, 고등학생의 나, 스무 살 초반의 나, 스무 살 후반의 나. 어느새 서른 살이 넘은 나는 가끔 그때의 내가 못 견디게 가여워져 스스로 위로한다는 미명 아래 뚝뚝 눈물을 떨구며 울기는 했다. 엄마를 미워해야만 하는 이유가 너무 많아 그 사연들을 헤아리다가 불쑥 욕이 튀어나오기도 했다. 하지만 그 정도는 괜찮았다. 지금은 엄마로부터 멀리 있으니까. 다신 돌아가지 않을 거니까.

말랑하고 보드라운 나의 딸, 커다란 나무처럼 지친 내게 그늘을 드리워주는 착한 남편이 있으니 이젠 이들이 온전한 나의 가족이자 집이라고 생각했다.

석 달쯤 지나자, 수술 부위가 얼추 아물어 허리도 꼿꼿이 펴고, 다시 예전처럼 움직이거나 가벼운 운동 정도도 할 수 있는 몸 상태가 되었다. 퇴원 후 며칠 뒤에 다시 고열 증상이 나타나 사흘 정도 입원한 적이 있긴 하지만 그 고비를 넘기고 나니 컨디션도 훨씬 좋아졌다. 아이는 어린이집에 다니고,

나는 집에서 종종 들어오는 프리랜서 일을 하면서 평온한 일상을 보내던 어느 날이었다. 남편이 긴 출장을 다녀온 뒤 맞이한 첫 주말, 우리는 바닷가로 소풍을 가기로 했다. 남편이 출장 가 있는 동안 집에서만 지내던 아이를 데리고 모처럼 나들이 갈 생각에 설레던 나는 아침부터 수선을 떨었다. 주먹밥과 유부초밥도 예쁘게 싸고, 피크닉 매트와 모래놀이 장난감도 챙겨뒀다. 아침 라디오에서 흘러나오는 오프닝 송처럼 산뜻한 오전이었다.

그런데 화장실에 간 남편이 삼십 분이 지나도록 나오질 않았다. 원래 한번 들어가면 오래 있다가 나오는 게 그의 유일한 단점이라면 단점이라 잠자코 기다려야지 싶었으나, 오 분 십 분이 지날수록 부아가 치밀었다. 기대하던 소풍날 아침인데, 난 일찌감치 일어나 이렇게 수선을 떠는데, 자기 몸 하나만 씻고 나오면 되는 사람이 이렇게 화장실에 오래 처박혀 있다니. 생각의 생각은 꼬리를 물고, 태풍에 밀려오는 사나운 파도처럼 신경이 예민해졌다. 그러니까 그냥 화가 났다기보다는 주체하기 힘든 감정이 나를 덮쳤다는 표현이 맞겠다.

처음이었다. 남편에게 그렇게 큰 소리로 화를 낸 건. 그가 원래 화장실에 들어가서 뭉그적거리는 게 습관이라는 걸 알면서도, 그 외에는 너무도 착하고 다정한 남자라는 걸 알고 있으면서도 나는 밀려오는 감정에 완전히 지배되고 말았다. 남편은 황당하다는 표정이었다. 그러곤 아무 대꾸도 하지 않은 채, 아이를 씻기고 옷을 입혔다. 그사이 나는 침대 이불속에 들어가 누워버렸다. 일어나서 나가자고 나를 부르는 남편에게 '기분이 나빠졌으니 가지 않겠다'라고 쏘아붙였다. 그때부터는 남편도 화가 난 듯했다. 더 이상 내게 말을 길지도, 곁에 다가오지도 않았다. 그렇게 주말이 지나가고 있었다.

그런 다툼 아닌 다툼(물론 내가 일방적으로 화를 내긴 했지만) 이후로 일요일까지도 우리는 대화가 없었다. 남편과 나란히 누워있는 침대에서 어느새 쌕쌕 잠들어 버린 남편을 보며 서운함이 밀려왔다. '더 이상 나를 궁금해하지 않는구나.' '내가 왜 이러는지 묻지 않는구나. 너도 이젠 나한테 질렸구나.'

116

이제 너도 곧 나를 버리겠구나.' 하는 유치한 마음이 들었다.

아이 방으로 가 따끈한 아이의 살결을 쓰다듬다가 문득 이런 생각이 번개처럼 스쳤다. '여기서 떨어지면 죽을 수 있을까.' 남편은 더 이상 나를 사랑하지 않고, 여기에서도 버림받으면 난 갈 곳이 없는데, 그러느니 차라리 죽어버리는 편이 낫겠다 싶었다. 그런 생각이 들자 그토록 평온하고 안전하다고 믿었던 우리 집도 한순간에 절벽 끄트머리 한 뼘의 공간처럼 위태롭게 느껴졌다. '더 이상 누군가를 미워하는 일도, 사랑받지 못할까 봐 전전긍긍하는 일도 지겹다. 이젠 그만하고 싶다.'라는 마음이 들었는데, 돌이켜보면 그야말로 뚱딴지같은 생각의 전개였다. 하지만 불쑥 찾아온 충동은 나를 스마트폰 검색창에 '7층 자살'이라는 단어를 검색하게 했다. '더 높은 곳에서 떨어져야 깔끔하게 죽을 수 있을까. 이 층수에서 떨어져 죽은 사람도 있을까.' 어두운 물음표를 단 손가락은 바삐 움직였다. 그 순간 그저 한 줌의 먼지가 되고 싶었다.

고작 이런 정도의 일을 가지고 죽고 싶다는 생각이 들다니. 그래서 더 죽고 싶었다. 그러다가 다시 잠든 아이의 얼굴을 봤다. 내가 죽으면 이 아이는 자살한 여자의 딸이 되겠지. 평생 그 무게를 지고 사느라 나를 원망하게 되겠지. 내가 이 아이의 원망을 죽어서라도 감당할 수 있을까. 엄마를 미워하며 산다는 것이 얼마나 지독하게 힘든 일인지 내가 제일 잘 알면서.

난, 아직 괜찮아진 게 아니었다. 예쁜 밴드로 잠시 내 상처를 덮어두고 있었을 뿐, 아직도 과거에 발목 잡힌 채 현재를 불안해하며 버둥대고 있었다.

갑자기 정신이 번뜩 들었다. 이대론 안 돼, 이렇게 무너질 수는 없어. 다음 날, 아이를 어린이집에 데려다주고 오는 길에 차를 돌려 시내의 정신과를 찾아갔다.

지금, 우울한 거예요?
서러운 거예요?

약간은 떨리는 발걸음으로 문을 연 정신건강의 학과는 예상보다 밝고 쾌적했다. 대학병원에 입원해 있을 때는 의사가 내 병실로 찾아왔기 때문에 정식 방문은 이번이 처음이라 꽤 긴장됐다. 혹여나 아는 이와 마주칠까 싶어 진료 첫 시간에 맞춰 갔음에도 이미 몇몇의 사람들이 대기 중이었다. 구석진 화분 옆자리에 앉아 눈을 내리깔고 괜히 핸드폰만 만지작거리다가 금방 내 이름이 불려 '진료실 1'이라고 적힌 곳으로 들어갔다.

"안녕하세요. 어떤 이유로 여길 오게 되셨을까요?"

흰 가운을 입고 앉은 의사는 사무적이지도, 그렇다고 친절하지도 않은 적당한 농도로 내게 첫 질문을 던졌다.

"뜬금없이 너무 죽고 싶다는 생각이 들어서요."

· "계기가 있었나요?"

"며칠 전에 남편하고 작은 트러블이 있었어요. 지금 생각해 보면 별일 아닌 것 같은데, 어젯밤에는 자살 충동이 너무 심하게 일어서 무서울 정도였어요."

"잘 오셨어요. 모든 환자들이 제 앞에 와 앉기까지가 가장 힘들어요. 여기 스스로 오셨다니 벌써 치료는 시작된 겁니다."

본격적으로 지난 주말 남편과 있었던 에피소드를 얘기하면서 그에 대한 미안함 때문에 조금 울먹였다.

"수치스러웠을 것 같아요. 화장실에 오래 있는 게 그렇게 큰 잘못은 아니잖아요. 그렇단 걸 아는데도 제 감정을 주체할 수가 없었거든요. 분명 그 사람도 화가 났을 텐데, 내게 좀 더 다가와 말 걸어 주지 않는다는 게 불안했어요. 그래서 더 화가 났고요. 드디어 제가 미쳤다고 생각할 것 같았어요. 그래서 죽고 싶어졌죠. 네 살짜리 아이가 옆에 누워있었는데도요."

"남편하고 평소 관계는 어떤가요?"

"전혀 문제없어요. 제가 많이 의지하는 편이에요. 다만 그날은 삼 주 동안 출장에 갔다가 돌아온 첫 주말이라 제가 너무 설레었었나 봐요. 그래서 동시에 예민해진 것 같기도 해요."

"친정 식구와는 관계가 어떠세요?"

어쩌면 내가 가장 기다렸던 질문이 나왔다. 내 모든 문제의 시작, 꼬여버린 매듭을 풀기 위해선 '엄마'에서부터 출발해야 한다.

"엄마와 연락하지 않고 지내고 있어요."

평소 옛날의 기억들이 자꾸 떠올라 너무 슬프다고, 혼자 있는 시간에는 꼭 한 번씩 불쑥 차오르는 눈물을 닦아내야만 하노라고, 과거의 나를 불쌍히

여길 수 있는 사람이 지금의 나뿐이라 외롭고 답답하다고. 연신 눈물을 훔치면서도 내 안에 차곡차곡 쌓여있던 과거 시나리오를 짧은 상담 시간 안에 풀어내려 입만은 바삐 움직였다. 그때 의사가 내 말을 끊고 물었다.

"잠깐만요. 지금 우울한 거예요? 서러운 거예요?"

"전 항상 서러워요."

훌쩍이면서도 동시에 실소가 터져 우스꽝스러운 표정을 지어 보이고 말았다. 핵심을 찌르는 의사의 질문에 당황했던 것 같다. 그러고 보니 내 기분은 늘 서럽고, 억울한 쪽에 가까웠다. 내가 얘기하는 내내 의사는 키보드로 무언가를 받아 적었고, 그 소리가 영 거슬리긴 했지만, 의사가 내 이야기에 공감하고 있는지 주시하면서 말을 이어 나갔다.

"환자분은 지금 '반추' 때문에 힘드신 거예요. 이것도 우울 증상 중 하나입니다. 자꾸 과거의 나를 떠올리면서 그때의 감정에 매몰되는 거죠. 우울증 약을 드신 적이 있다고 했죠? 약을 계속 드시는 게 좋겠어요. 처방을 드릴 테니 일주일 뒤에 다시 오세요. 아 그리고 숙제가 있어요. 지금 환자분의 엄마는 어떤 모습일까요?"

또 고리타분한 질문이라고 생각했다. 또다시 머릿속을 굴려 엄마를 떠올려야 했다. 과거 내 기억 속의 엄마가 아니라 지금의 엄마. 오늘도 하루만큼 더 늙어가고 있을 엄마를.

그래서 늘 나를 죄인으로 만드는 엄마를.

한 마리의 고래가 되어,
엄마라는 섬을 떠났다

정신건강의학과에서 처방받은 약을 먹고 나서 바로 기분이 좋아진다거나, 삶에 엄청난 의욕이 생겨나진 않았다. 하지만 의사의 말대로 옛 기억이 떠오르는 횟수와 강도가 줄어들었다는 건 체감할 수 있었다. 뭐랄까 기억을 확장 시키려는 의지와 에너지가 약해졌달까. 어쨌든 내 일상은 한 알의 약으로 인해 조금 더 안정되기 시작했다. 지난 상담에서 정신과 약 복용에 대해 약간의 두려움을 내비치는 내게 의사는 이렇게 말했다.

"누구에게나 힘들고 아픈 기억이 있지만 모두가 그러한 과거로 인해 죽음을 떠올리지는 않아요. 환

자분은 약 복용이 필요한 상태입니다. 약의 도움을
받아 기억의 회로를 조금 조정할 수 있어요. 나를
힘들게 하는 기억으로 가는 길에 진입 금지 표지판
을 세워두고, 다른 길로 가게끔 유도하는 거죠."

'진입 금지 표지판', '기억의 회로를 조정해 준
다'라는 말에 신뢰가 생겼다. 무작정 내 과거를 지
우거나 없애버리는 것이 아니라(당연히 그럴 수 없다
는 걸 알기에) 다른 수많은 갈래의 기억으로 덮을 수
있게 도와준다니 조금 안심이 됐다.

그렇게 약효로 인해 지난 시간을 떠올리는 괴로
움은 줄어들었지만, 아이러니하게도 의사가 내게
던진 질문에 대한 답을 구하기 위해 다시 엄마의
존재를 떠올려야 했다. 하지만 그러고 싶지 않았다.
주어진 일주일이라는 시간 중 대부분을 내 몸과 마
음이 흘러가는 대로 두었다. 아이를 어린이집에 보
내고, 업무를 하다 틈틈이 집안일도 했다. 옷장을
뒤집어엎고, 오랫동안 입지 않았던 옷을 과감히 내
다 버렸다. 귀찮아서 미뤘던 바닥 물걸레질을 하

125

고 나서 윤이나는 마룻바닥을 보고 있자니 뿌듯함이 밀려왔다. 우리 가족을 위해 손이 많이 가는 음식을 차려내고, 아이와 함께 춤추며 노래를 부르고, 선선한 저녁에는 온 가족이 산책을 하기도 했다. 꽤 괜찮은 생활이었다.

엄마? 지금의 엄마는 어떤 모습일까?

궁금하지 않아서였는지 문득 떠올리려고 해 봐도 쉽지 않았다. 화를 내며 전화를 끊던 목소리만이 흐릿하게 귓가에 맴도는 듯했다. 엄마는 벌써 실체 없이 둥둥 떠다니는 유령 같은 존재로 남은 것 같았다. 약 한 알이면 될 가벼운 과거였던가. 조금은 허탈했다.

상담 전날, 아이를 뽀송하게 씻기고 난 뒤 나는 아이와 침대에 나란히 누워 눈을 감았다. 그리고 꿈결처럼 아주 작게 수없이 많은 별이 반짝이는 바다 한가운데, 잔잔한 물결에 볼록한 등을 걸친 채 유영하고 있는 큰 고래를 발견했다.

'나다.'

나는 직감적으로 저 커다란 고래가 곧 나라는 것

을 직감했다. 시야가 더 넓어지면서 파노라마처럼 넓은 바다의 풍경이 눈에 들어왔다. 고래는 작은 섬을 바라보고 있었다. 그 섬의 끝에는 한 여자가 서 있었다. 그 여자는 눈도 검은 천으로 가리고 손도 뒤로 묶은 채, 바다를 향해 악을 쓰며 소리를 지르고 있었다. 그녀는 화를 주체하지 못해, 발악하고 있는 듯했다.

고래는 멀리서 그 모습을 가만히 지켜보고 있었다. 멀리서 바라본 고래의 모습에서는 분노보다 약간의 서글픔이 느껴졌다. 그렇게 한참을 멀리서 여자를 보고 있던 고래는 이내 몸을 돌려 반대편 더 넓은 바다를 향해 천천히 헤엄을 치기 시작했다. 떠나는 고래를 보며 마음으로 응원했다. '더 멀리 가거라. 다시는 돌아보지도, 돌아오지도 말거라.'

섬 끄트머리에 서 있던 여자는 고래가 오는지, 가는지도 모른 채 그저 메아리 없는 바다에 들리지도 않는 소리만 외칠 뿐이었다. 그녀의 모습은 가련했지만, 누구도 위로할 엄두조차 내지 못할 것 같았다. 어느새 까맣던 밤하늘은 짙은 보랏빛으로 변해가고, 어스름한 새벽이 밝아왔다.

아이 옆에 누워 생각에 잠겼던 그날 밤, 이 모든 장면이 무슨 계시라도 받은 것처럼 머릿속에 이미지로 떠올랐다. 상상 속 바다 풍경은 어두웠지만 평화로웠고, 심지어 동화책의 한 페이지처럼 아름답게 느껴지기까지 했다. 다음 날 다시 찾은 병원에서 의사에게 이렇게 전했다.

작은 섬 *끄트머리*에서 눈과 귀를 가린 채, 화가 잔뜩 나 있는 여자를 두고, 고래는 유유히 헤엄쳐 먼바다로 떠났노라고, 여자가 눈과 귀를 막고 있는 한 앞으로 한 발짝도 움직이지 않을 것이고, 아마 그 고래도 다시 돌아오지 않을 거라고.

의사는 짐작하기 어려운 표정으로 고개를 끄덕이며 손가락을 바삐 움직여 컴퓨터에 무언가를 적고 있었다. 그는 똑같은 약을 처방하며 이번엔 2주 뒤에 보자고 했다. 병원에서 나와 집으로 가는 길에 종묘사에 들러 토마토와 오이고추, 파프리카 등의 모종을 종류별로 조금씩 샀다. 얼마 전부터 시작한 주말농장 텃밭의 빈자리를 채우기 위해서였다. 그날 저녁 일바지를 입고, 무릎까지 오는 긴 장화를 신고, 텃밭으로 갔다. 아이에게는 작은 호미 하나를 내어주고, 나는 모종을 심고, 쭈그려 앉아 주변으로 난 풀들을 뽑았다.

비가 온 지 얼마 되지 않아 굳은 듯 보였던 땅은 호미로 푹푹 파내자 금세 푸슬푸슬해졌다. 호미로 잡초의 뿌리를 긁어내고 옆 도랑으로 휙 던졌다. 그렇게 풀 뽑는 일에만 열중하다 보니 어느새 잡념이 사라지고, 기분 좋은 피로감이 몰려왔다. 해가 저물어가는 5평짜리 작은 밭에는 초여름의 선선한 바람이 불어왔고, 귓가에는 풀벌레 소리가 들려왔다.

나와 남편, 그리고 아이는 초여름 밤공기를 느끼며 집 앞 편의점에 마주 보고 앉았다. 우리 부부는 시원한 맥주를, 아이는 달콤한 오렌지주스를 마셨다.

그리고 지금쯤 어딘가에서 유영하고 있을 고래를 아주 잠깐 떠올렸다.

Chap 2

엄마보다 나은 엄마일까

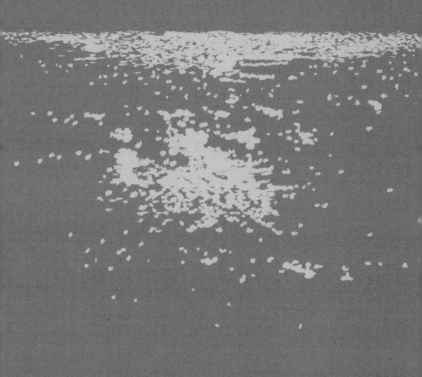

아이가 물었다
엄마도 엄마가 있느냐고

고래로 변해서 먼바다로 유영하듯 떠났던 나는 과연 괜찮아진 걸까. 그 이후 정신건강의학과로 몇 번의 상담을 더 다니면서 엄마에 대한 분노나 원망, 과거에서 비롯된 나 자신에 대한 연민은 걷어 낼 수 있었지만, 나는 여전히 근본적으로 불안했다. 어느 날 아이에게 동화책을 읽어주다가 마음이 뜨끔했다. 에릭 칼(Eric Carl)의 《캥거루도 엄마가 있을까?》라는 동화였다. 캥거루나 사자 같은 동물들도 엄마가 있을까,라는 질문과 '그럼! 엄마가 있지'라는 대답이 반복되는 단순한 내용의 동화책이었다. 여느 때처럼 함께 책을 읽던 아이는 내게 이렇게 물었다.

"엄마도 엄마가 있어?"

숨이 턱 막히는 느낌이 들었다. 올 것이 왔구나. 그런데 이렇게나 빨리 아이가 궁금해할 줄은 몰랐다. 몇 시간 같은 몇 초의 뜸을 들이다가 "그럼, 엄마도 엄마가 있지"라고 말하고 나서 괜히 아이의 배를 간지럽히며 화제를 돌렸다.

그렇게 또 다른 고민이 시작됐다. 이토록 사랑하는 딸에게 내 엄마는 나를 버렸고, 나 역시 엄마를 버렸노라고 말해야 하는 순간이 오게 될까 봐 두려웠다. 그런 엄마를 내 딸은 이해해 줄까. 아무런 준비도 없이 빗발에 쏘이듯 날아와 꽂힌 아이의 질문에 나는 다시 무너졌다.

결혼은 나의 탈출 통로였고, 지금 꾸린 가정과 식구들은 내게 안전한 요새와도 같다. 하지만 그 속에서도 자꾸만 불안한 마음이 생기곤 한다. 갑자기 남편이 사라진다거나, 불행한 일이 닥치진 않을까. 순간순간 거센 파도처럼 불안이 덮쳐올 때가 있다. 퇴원 이후에도 원인불명의 고열 증상으로 몇 번 입원한 적이 있었는데, 나는 그때마다 남편에 대한 의존이 너무 심했다. 사실 충분히 혼자서 입원 생활을 할 수 있던 상황에서도 그렇게 하지 못했다. 그가 없는 순간들의 나는 너무 무기력했다.

이런 증상을 의사에게 이야기하자 약 한 알을 더 처방해 주었다. 새로운 약은 그간 먹었던 것과는 달리 굉장히 나른하고, 무기력한 느낌이 들게 했다. 그런 이유로 나는 이틀 정도 복용 후에 약을 임의로 끊었다. 그 이후로는 정신건강의학과도 가지 않게 되었다. 상담이 진행될수록 내가 진짜 나를 들여다보고 스스로를 달래는 것보다, 약에 더 의존하는 건 아닐까, 하는 걱정 때문이기도 했다. 나는 일단 반추를 하지 않는 것, 즉, 엄마와 있었던 일들이 반복해서 떠오르지 않는 것만으로도 일상에서의 안정감을 충분히 누릴 수 있었기에 스스로 그냥 '이 정도면 되겠다' 싶었다.

하지만 엄마로 인해 고통받았던 '나'를 떨쳐내고, 온전한 존재로서의 '내'가 되는 길은 아직도 먼 것 같았다. '엄마도 엄마가 있어?'라고 묻는 아이 앞에서 흔들렸던 눈동자. 그리고 가장 행복하다고 믿는 순간에도 여전히 떠오르는 죽음에 대한 생각들.

햇살은 따뜻하고 바람은 선선한 날, 바닷가로 나들이 가서, 파도에 작은 돌을 던지는 남편과 딸의 뒷모습을 보면서도 나는 '여기까지면 좋겠다'라는 생각이 들었다. 아이에게 그다지 완벽하지도 않은 '엄마', 뭐 하나 끝까지 해내 본 적 없는 '사회인', 배 한가운데에 수술 자국이 새겨진 '여자', 언제 다시 아플지 모르는 '아내'로서의 내 존재가 한없이 작게 느껴지는 때에도 그랬다.

오늘도 많이 웃고, 푼수 떨며, 고민 따위 없는 멀쩡한 사람인 척했지만, 나는 아직도 이런 아이러니 속에 헤매고 있다.

나는 내 아이를 위해
기꺼이 죄인이 되리라

　'아이를 낳는다는 건 인생 최대의 사치이자, 최
소 60년짜리 할부를 지는 일과 같다.' 이렇게 말하
면 지나친 표현일까. 아무튼 낳기 전에는 미처 몰
랐다. 이렇게나 온 마음을 들여야 하는 일인 줄. 그
리고 내 민낯이 완전히 드러나는 일인 줄. 뜨끈하
고 말랑한 것이 내 안에서 울컥 쏟아져 나왔을 때,
젖을 찾으려 필사적으로 뻐끔거리는 작은 입을 봤
을 때 철없이 신기하기만 했다. 우스꽝스러운 표정
으로 용을 쓰고, 드디어 제 몸을 뒤집을 힘이 생겨
뒤집기에 성공했을 때, 낮은 포복 자세로 놀잇감을
향해 맹렬하게 기어가기 시작했을 때, 모닝빵처럼

통실한 발로 처음 땅을 디뎌 한 걸음을 떼었을 때도 아이는 내게 기쁨만을 가져다주기 위해 탄생한 존재 같았다. 하지만 아이의 돌이 지나고 갑작스레 받게 된 큰 수술과 한 달이 넘는 병원 생활, 그리고 내 인생에서 가장 힘든 그 순간에 본격적으로 틀어진 엄마와의 관계 때문에 육아에 대한 내 생각은 완전히 달라졌다.

딸의 생사를 넘나드는 고통 앞에서도 너무나 의연했던, 내겐 한 번도 미안해하지 않았던 '엄마'. 나는 그러지 않으리라, 나는 내 아이를 위해 기꺼이 죄인이 되리라 생각했다. 불완전하고 미숙한 내가 아이를 낳아 기른다는 건 너무 내 만족만을 위한 일 같았고, 그렇게 부모가 된다는 건 한없이 부족한 자신을 상기시키는 일이었다. 더구나 매년 심해지는 미세먼지, 취업난, 하다못해 팬데믹까지 닥친 세상에 굳이 또 하나의 존재를 내보냈어야만 했나 하는 의식의 흐름은 늘 나를 '죄인'으로 만들었다.

긴 입원 생활을 마치고 퇴원했을 때 아이는 어떤 표정으로 나를 맞아줄까 궁금했다. 설레는 마음으로 문을 열고 집으로 들어섰는데, 엄마를 알아보는 건지 아닌 건지 아이의 눈빛은 텅 비어있었다.

"아가, 엄마야!"

애써 웃으며 팔을 벌려보아도, 아이는 그저 놀던 장난감을 만지작거릴 뿐이었다. 환심을 사기 위해 준비한 인형에도 눈길을 주지 않았다. 이제 17개월 꼬맹이가 엄마를 기다리다가, 그 조그만 가슴이 다 상해버렸구나 싶어서 눈물이 핑 돌았다. 번쩍 들어 올려 안아보고도 싶었지만, 개복수술로 아직 허리도 제대로 펴지 못하는 신세라 그조차도 여의치않았다. 뚱한 그 눈빛이 너무 아려서 차마 가까이에 가서 앉지도 못하고, 그저 아이가 노는 모습만 보고 있을 수밖에 없었다. 한참을 아빠 품에 있던 아이는 어느 정도 시간이 지나고 나서야 내 주변을 살금살금 맴돌기 시작하더니 결국 내게 폭 안겼다. 신생아 때부터 유난히 순하던 아이. 워낙 잘 먹고, 새벽 통잠도 잘 자는 데다 잔병치레도 없어 주변에서 너는 애 공짜로 키운다는 소리를 들어도 딱히 반박할 이유를 찾지 못했던 고마운 딸. 그런 아이의

17개월 인생에서 엄마의 자리가 한 달이나 비어있었다니. 사실 병원에서는 아픈 내 처지에 매몰돼서 아이는 아직 어리니까 잘 지내고 있을 거라 막연한 생각만 했었는데, 어느새 여물은 아이의 눈빛을 보자 나는 계속 마음이 쓰였다.

퇴원 후 일상은 차츰차츰 회복됐다. 내가 중환자실에 있을 때 엄마가 남편에게 전했다던 '연락하기 싫으면 연락하지 말라'는 말이 진심은 아니었을 거란 걸 알면서도, 내가 엄마로부터 자유로워지는 기회가 되었음에 감사했다. 정신과를 다니면서 엄마에 대한 생각과 미움을 저만치 밀어낼 수 있었고, 몸도 서서히 회복되면서 그럭저럭 괜찮은 일상이 이어졌다.

아이는 그사이 자라서, 말문이 트이고 어느 정도 소통도 되기 시작했다. 그러면서 그동안 듣지 못했던 아이의 속마음을 듣게 되었는데, 가슴이 덜컥 내려앉는 순간도 여러 번 있었다.

"엄마는 날 안 사랑하는 것 같은데, 엄마 미워,

엄마는 맨날 거짓말 하잖아."

어쩌다 이렇게 한 번씩 툭툭 튀어나오는 아이의 말에 내 마음은 움푹움푹 파였다. 네 살배기가 서운함에 순간 내뱉는 말일 테지만, 엄마는 자식의 한마디에 휘청이는 여린 존재라는 걸 새삼 깨닫고 말았다. 때론 이런 일들이 '지난날 나는 엄마에게 어떤 모습을 한 딸이었을까'를 생각하게 만드는 것도 너무나 힘들었다. 엄마라는 존재와의 완전한 단절을 그토록 원했지만, 한 아이의 엄마가 된다는 것은 결국 내 엄마와 나와의 관계를 확인하며 내가 그 입장이 되어보는 일이었다. 그 사실을 인정할 수밖에 없었다.

저녁잠을 자지 않는 아이에게 매정한 말투로 화를 내놓고, 미안한 마음에 아이 어릴 적 사진을 또 뒤적였다. 그러다 이내 아이 방으로 가서 아이의 말랑한 볼과 보들한 머리칼을 쓰다듬으며 미안하다고 속삭였다. 공연히 잘 자는 아이를 살며시 끌어안았다.

'그래도 나는 너에게 먼저 미안하다고 말하는 엄

마가 될 거야. 이렇게 부족하지만 그래도 좀 봐달
라고 너를 꼭 먼저 안아줄 거야. 그러면 너는 언제
든 나를 안아줄 준비가 되어 있다는 거, 누구보다
내가 제일 잘 아니까.'

딸을 원하는 당신이
망각하는 것

배 속의 아이가 딸이라는 사실을 알게 됐을 때 난 걱정스러웠다. 아, 이 아이도 나만큼이나 피곤한 세상을 살아야겠구나, 하는 생각이 들었기 때문이다. 집 근처 대형마트에 임산부 요가 클래스를 다니던 시절, 이제 막 안정기에 들어선 산모들은 서로 몇 주쯤 됐는지, 아이의 성별은 무엇인지 물어보는 것으로 어색하게 안면을 텄다. 클래스에서 마음 맞는 몇몇끼리 뭉친 소모임 멤버 중 신기하게도 유일하게 나만 딸이었는데, 산모들은 하나같이 입을 모아 이렇게 말했다.

"딸이라니, 너무 부럽다. 아들은 키워서 남 주는

거고, 나이 들면 딸이 최고의 친구라던데……. 실은 나도 딸을 원했어."

내 아이가 유일하게 딸이라서 부럽다고들 입을 모으는데, 나는 그 말이 그리 달갑지 않았다. 그들은 '딸'을 어떤 존재로 생각하고 있는 걸까 되레 궁금해졌다. 어린 시절 엄마는 이런 말을 입에 달고 살았다.

"큰딸은 살림 밑천이라고 했어. 네가 힘든 엄마한테 힘이 돼야지."

그리고 내가 장학금을 타거나, 아르바이트해서 번 돈으로 엄마 선물을 사 가면 엄마는 말했다. '역시 딸이 최고'라고. 내게도 그런 말을 들었던 순간이 있었다. 매번 허락되는 말은 아니었고, 엄마에게 나의 필요 가치를 증명했을 때 들을 수 있는 보상 같은 것이었다. 한때는 그 말이 너무 고팠다. 인정받고 싶었던 것 같다. 딸로서의 내 쓸모를.

대개 딸들이 공감 능력이 높다는 이유로 엄마들은 속마음을 털어놓곤 한다. 마치 딸은 그런 이야기를 듣기 위해 존재하는 것처럼. 주변의 복잡한 이해관계와 한탄 혹은 넋두리, 아들한테는 못 할 말을 너에게는 털어놓을 수 있다는 그 말이 한때는 훈장처럼 느껴지기도 했었다.

그런데 아이를 낳고 나서 알았다. 부모라면 응당 사랑을 주어야 하고, 아이는 무조건적으로 사랑받아야 하는 존재라는 것을. 아이는 부모의 감정 쓰레기통 역할을 하기 위해 태어난 것이 아니라는 것을⋯⋯.

아이는 신비하고 사랑스러운 그 존재만으로 부모에게 자신의 몫을 다하는데, 어째서 부모는 태어나지도 않은 아이와 삶의 무게를 나누기를 벌써부터 기대하는 것일까. 어째서 딸에게는 이토록 관용적인 표현을 많이 사용하는 것일까. 딸이 애교가 있어서 좋다. 나이 들수록 챙겨주는 건 딸이 최고다. 잘 키운 딸 하나 열 아들 안 부럽다. 이런 류의 말은 은연중 딸들의 무의식에 자리 잡게 되고, 대부분의 딸들은 부모의 기대에 부응해야 한다는 부담이나, 부응하지 못했다는 자책감 둘 중 하나를 가슴에 얹고 살아간다.

반대로 '딸은 시집가면 그만'이라거나 '출가외인'과 같은 표현은 결혼한 딸을 가정 바깥의 인물로 내몰기도 한다. 딸이란 부모의 입맛에 따라 말한마디로 원가정에 종속되거나 퇴출될 수 있는 그런 존재인 걸까. 그 시선이 너무 서늘하고 가혹해 '딸'의 입장에 선 나는 문득 서러워진다.

이젠 다 고리타분한 옛말이라고 하고 싶지만 내가 임신했던 2017년도에 만난 산모들도 이런 류의 이야기를 했고, 현재 주변에서도 심심찮게 들려오는 걸 보니 애석하게도 지금이라고 크게 인식이 달라진 것 같지는 않다. 아들을 키워보지 않아서 모르겠지만 내 딸의 경우 아이다운 애교가 있고, 눈치가 빨라서 여우처럼 엄마의 마음을 들었다 놨다 하거나, 다 큰 어른처럼 마음을 도닥여줄 때도 있다.

하지만 아들이라고 그러한 면모가 전혀 없을까. 또 애교 없이 시크한 딸이면 또 어떤가. 아이들이 부모가 바라는 성격대로 자라야 할 의무가 있는 것도 아닌데. 그리고 성격이 아들, 딸 정해져 있는 것도 아닌데. 세상이 정해놓은 관용적인 딸의 이미지에 부합하기 위해 노력하며 살아온 지난 시간이 괴로웠기에, 나는 배 속 아이의 성별을 선택할 수 있다면 차라리 '아들'이길 바랐다. 아들에게 무언가를 바라서가 아니라, 세상의 모든 딸에게 당연하단 듯 주어지는 기대의 무게를 굳이 지게하고 싶지 않았기 때문이다.

며칠 전 SNS상에서 이런 글을 봤다. 눈을 의심했고, 불쾌했다.

"세상에서 제일 예쁜 여자. 병원에 두 여자가 들어옴. 시엄니인지 친정엄니인지 모르겠으나 아픈 부모 또는 시부모 모시고 병원에 오는 여자가 세상에서 제일 이쁘더라. 이상 불효자 씀."

어머니를 모시고 병원에 가는 자식은 그 누구든 칭찬받아 마땅할 터다. 하지만 그 광경을 굳이 '예쁜 여자'로 묘사하고, 자신도 좋은 아들이 되어야겠다고 마음먹는 것이 아니라, 그런 '여자'를 마치 추켜세우는 듯하면서 책임을 전가하는 꼴이라니……. 그리고 자신을 '불효자'로 깎아내리면서 책임으로부터 한 발 더 멀어지는 비겁함이 함축된 글이어서 기억에 남았다. 내 또래의 엄마들도 자신의 노후와 함께 할 '딸'에 대한 기대가 막중한데, 중년 남성이 저런 말을 하는 것은 당연한가? 싶은 자조가 나오는 글이었다.

나는 내 딸에게 기대하지 않는다. 나이 들고, 지금보다 몸이 노쇠해져서 힘이 없어지면 젊은 딸에게 기대고 싶어질 수도 있겠지만, 그렇게 되지 않기 위해 몸과 마음, 경제적인 체계를 지금부터 준비하려 노력하고 있다.

자식은, 특히 내게 '딸'은 전당포마냥 담보로 무언가를 얻어내야 하는 그런 존재가 아니다. 딸은 예쁜 리본과 원피스를 입혀 방긋방긋 웃는 꼭두각시마냥 키우는 그런 존재가 아니다.

앞서 산모들이 무심코 했던 '딸은 살림 밑천, 나이 들면 딸이 최고'라는 말이 다들 그냥 으레 가볍게 하는 말이라는 것을 나도 안다. 아무리 그들이 딸이 부럽다고 한들, 자신이 배 아파 낳은 아들만큼

소중할까. 하지만 말에는 힘이 있다. 그러한 말을 듣고 자란 딸은 뜻 모를 부담감에, 반대로 아들은 '아들 키워봤자 소용없다'라는 말 앞에 무력감을 느낄 수도 있다.

당신의 자녀들은 항상 당신의 말에 귀 기울이고 있다는 사실을 잊지 말기를……. 생각보다 아이들은 부모의 말에 큰 영향을 받는다는 걸 내가 경험으로 체득했기에 나는 모든 언행이 유난스러우리만큼 조심스럽다. 그럼에도 부모로서 부족한 부분이야 수도 없이 많겠지만, 자각할 수 있는 부분이라도 신경 쓰면서 아이를 키우면 우리보다는 조금 더 당당하고, 가뿐한 딸로 키울 수 있지 않을까.

우리집 가훈은
괜찮아, 잘하고 있어

　하루하루가 불안해 견디기 힘든 날이 있었다. 나를 둘러싼 모든 감각의 날이 잔뜩 서 있어 일상의 작은 행동에도 상처를 주고, 상처를 입었다. 그 당시 남편의 잦은 출장으로 집에 나와 아이 단둘이 있는 날이 많았다. 한 번 나가면 한 달씩, 한 달 반씩 집을 비웠다. 타지에 정착한 탓에 마음 터놓고 이야기 나눌 친구도 없었고, 누군가 있었다고 해도 당시 내가 처한 상황이 너무 복잡해 쉽사리 털어놓긴 어려웠을 것이다. 몸이 먼저 망가지고 마음도 망가진 채로 아이를 키워내야만 했다. 어떤 이에겐 도움을 청하는 것이 당연한 '친정'이라는 곳도 내겐 지옥 같았

으니, 차디찬 극지방의 한가운데 아이와 함께 버려
진 듯한 괴로움이 모골마다 파고들었다.

그것은 착각이나 상상이 아니라 실제적인 신체
의 고통으로 다가왔다. 그 무렵 나는 자주 추웠다.
열이 40도까지 치솟아 체온계에는 빨간불이 번쩍
이는데, 이가 부딪혀 부서질 만큼 추위에 덜덜 떨
었다. 몸을 가눌 수 없이 경련이 찾아오고, 입에선
괴물 같은 신음이 자꾸 새어 나왔다. 도움을 청할
곳이라곤 119뿐이었다. 핸드폰에 119라는 세 숫자
와 통화 버튼을 누르는 일도 벅찼던 순간. 아이와
함께 구급차에 몸을 싣고, 응급실로 실려 가던 수
많은 날. 그 모든 상황을 울지도, 두려워하지도, 낯
설어하지도 않는 아이의 담담함이 못 견디게 사무
쳤던 시간들. 보호자가 없으니 입원할 수도 없어서,
주삿바늘을 꽂고 아침저녁으로 응급실에 링거를
맞으러 다녔었다. 물론 아이와 함께. 코로나가 창
궐하던 시기에 불쌍한 나의 딸은 약하고 못난 엄마
탓에 종합병원 응급실을 수시로 드나들어야만 했
다. 항생제를 너무 많이 맞아 내성이 생긴 탓에 3차

항생제까지 사용해 버린 내 몸 상태는 하루하루가 살얼음판을 걷는 듯했다.

　겨우 아이를 어린이집에 등원시키고, 혼자 남아 있는 고요한 시간에는 어디서 밀려왔는지 모를 불안이 나를 잠식했다. 이불을 뒤집어쓰고 몸을 웅크려봐도, 형언할 수 없는 잿빛의 감정들은 나를 에워싸곤 했다. 심리학책을 읽고, 명상 유튜브를 틀어놓고, 요가 동작을 따라 해 보고, 소파에 모로 누워 있다가, 다시 앉아서 꺽꺽 울었다. 다시 그때를 상상하는 것만으로도 소름이 끼치고, 한기가 느껴질 만큼 외로운 시간이었다.

　미워할 사람도 없었다. 나를 버린 엄마를 떠나왔으니 미워할 이유가 없었고, 실은 미워할 힘도 없었다. 돈 벌러 나간 남편을 미워할 수도 없었다. 말간 눈의 작은 아이를 미워할 수는 더더욱 없었다. 그래서 나를 미워했다. 독한 척하지만 나약한 나를, 제 분에 지쳐 쓰러지고 마는 나를…….

　어느 날에는 아이와 스케치북에 크레파스로 그

림을 그리다가 이런 글씨를 써 내려갔다.

"괜찮아, 잘하고 있어."

이 말은 내가 아이에게 자주 하는 말이었다. 가위질이 아직 서툰 아이에게, 수저질이 서툰 아이에게, 블록 쌓기가 마음대로 되지 않아 심통 난 아이에게. 누군가 나에게도 이런 말을 좀 해줬으면 살 만하겠다, 싶었다. 아이는 어리고, 남편은 멀리 떠났고, 주위를 아무리 둘러봐도 이런 말을 내게 해줄 사람이 없었다. 그래서 그냥 적었다. 스케치북을 북 찢어 가위로 슥슥 오려서 현관 앞에 붙여버렸다. 충동적이었지만 꼭 누가 시킨 것처럼 열심히 그 행위에 몰두했다. 아이를 번쩍 들고서 손가락으로 글씨를 가리키며 말했다.

"여기 뭐라고 쓰여 있어? 읽을 수 있어? 엄마가 읽어줄게. 괜찮아, 잘하고 있어!"

"괜찮아, 잘하고 있어."

뭐가 괜찮은지, 무얼 잘하고 있는지 아무것도 알 수 없었지만, 가슴에 뜨거운 것을 삼키면서 써 내려간 그 글자를 벽에 붙여놓고 보니 그래도 무언가

위로받는 느낌이 들었다. 출장에서 돌아온 남편은 벽에 붙은 글귀를 보고 물었다.

"가훈이야?"

"그렇게까지는 생각 안 했는데, 그래 가훈으로 하자."

그렇게 그날로 '괜찮아, 잘하고 있어'는 우리집 가훈이 되었다. 어린이집 숙제인 가족 신문 만들기에도 가훈으로 같은 글귀를 적어냈다. 선생님은 '가훈이 너무 귀엽다'는 애교 섞인 피드백을 보내왔지만, 나는 그 말의 무게와 진심을 잘 알았다.

아이와 크레파스로 낙서하던 날, 난 왜 '괜찮아, 잘할 거야'가 아닌 '괜찮아, 잘하고 있어'라는 문장을 적었을까. 그 순간의 나를 위로하고 싶었는지도 모르겠다. 알 수 없는 미래를 짐작하는 말 대신, 지금을 도닥이고 싶었는가 보다. 의도치 않게 만들어진 가훈은 지금도 현관 앞에 부적처럼 자리를 차지하고 있다.

내가 듣고 싶은 말을 아무도 해주지 않는다면, 스스로에게라도 해주자,라는 절박함이 만들어낸

행동은 정말로 그런 것처럼 느끼게 해주었다. 그리고 지금은 실제로 그렇게 생각한다. 그때나 지금이나 상황은 크게 달라지지 않았지만 그럼에도 나는 괜찮다고, 잘하고 있다고 믿는다.

과거의 나처럼 불안과 외로움에 잠식된 사람이 있다면 당신이 외롭고 괴로움을 느끼는 순간도 잘하고 있다고, 잘 앓고 있다고 등을 쓸어주고 싶다. 죽을 만큼 춥고 괴롭겠지만 그래도 잘하고 있다고, 그 순간 너머에 정말로 괜찮은 날이 있을 거라고, 마음으로 속삭여주고 싶다.

육아라는
철학 수업

어느 날 아침, 어린이집 등원 전에 아이와 사소한 트러블이 있었다. 집을 나서야 할 시간이 다 되었는데 장난감을 가지고 노느라 옷을 입지 않겠다며 버티는 통에 준비를 제대로 할 수가 없었다. 간신히 설득해서 식탁에서 장난감을 갖고 놀면 그동안 머리를 묶어주겠노라고 합의를 봤는데, 갑자기 장난감에서 소리가 나지 않았다. 전원 버튼이 먹통이 되자 아이의 짜증은 극에 달했고, 급기야는 장난감을 집어 던져버렸다. 그리고 내가 무서운 표정을 지어 보이자 서럽게 울음을 터뜨렸다. 시간에 쫓기는 아침, 옷도 제대로 입지 않은 채 물건을 집어 던지며 우는 아이. 나도 감정이 올라와 달래지 않고 그냥 지켜보기만 했다. 스스로 울음을 그칠 때까지 기다릴 참이었다.

얼마쯤 지났을까. 아이의 울음소리가 점점 잦아들고, 입으로 흐느끼는 소리를 내면서 곁눈질로 내 눈치를 살피는 게 보였다. 그때 두 팔을 아이 쪽으로 벌렸다. 그러자 아이는 냉큼 내 품으로 달려들었다. 다 울었느냐고, 장난감에서 소리가 나지 않아 집어던졌느냐고, 그래도 그런 행동은 하면 안 된다고 타이른 다음 어린이집 갈 준비를 마쳤다.

가끔 나도 모르게 아이의 울음을 돋우고 싶을 때가 있다. 아이의 행동이 괘씸해서, 나도 감정이 격해져서, 버릇을 고쳐보겠다는 일념으로 말이다. 그러다 울음 끝에 와락 안기는 아이를 품으면 역시 나는 아직도 멀었구나,라는 생각이 들곤 한다.

엉엉 울면서도 이 작은 것은 내게 달려올 준비를 하고 있었구나 싶어서 미안해진다. 우는 아이 토닥여 주는 일이 뭐 그리 힘들다고 아이와 기 싸움을 벌였을까, 스스로가 한심해지기까지 했던 아침이었다.

　그날의 다짐.

　우는 아이에게 먼저 다가가 안아줄 것.

　아이와의 공연한 기싸움으로 내 부족한 내공을 들키지 말고, 먼저 다가가 안아줌으로써 마음을 단련해 보기로 한다.

　아이를 키우면서 엄마로서도 성장하는 과정은 참 어렵지만, 한편으로는 이렇게나마 더 깊은 인간으로 성장할 기회를 준다는 점에서 내게 육아는 철학수업과도 같다. 육아하면서 자신을 성찰하지 않으면 아이에게 상처를 줄 수 있다는 걸 너무나 잘 알기 때문이다.

　부모로부터 상처를 받고 자란 내가, 그 아픔을 대물림할 순 없으니, 오늘도 실수하고, 반성하고, 되돌아보면서 조금 더 나은 엄마가 되기 위해 노력해 본다.

K-장녀
대물림 막기

"엄마는 도대체 나한테 왜 이렇게 바라는 게 많아?"

언젠가 딸이 내게 한 말이다.

"뭐라고?"

순간 헛웃음이 나와 되물었다.

"손도 씻으라고 하고, 옷도 걸으라고 하고, 옷도 갈아입으라고 하고 바라는 게 너무 많잖아! 하기 싫단 말이야!"

"○○아, 그건 네가 당연히 해야 할 일이기 때문에 시키는 거지 엄마가 너한테 그 이상을 바라서 그러는 게 아니야. 누구나 외출하고 돌아오면 손을 씻고, 자기 옷도 정리하고, 집에서 입는 옷으로 갈아입는 거야. 너는 더 이상 아기가 아니니까. 이제부터 네가 할 수 있는 일들은 하도록 해."

너무나 진지하게 토로하는 모습이 귀엽기도 하고 어이도 없어서 한동안 빤히 바라보기만 했다. 아이는 씩씩대다가 더 이상 징징거려도 통하지 않을 것 같았는지 꼬물꼬물 움직이기 시작했다. 자기가 해야 할 일을 알려주는 것뿐인데도 '엄마가 본인에게 바라는 게 많다'라고 따져 들다니……. 당당하게 쏘아붙이는 말투에서 미운 일곱 살 특유의 천상천하 유아독존 면모가 묻어나 우스웠다. 뻔뻔한 아이다움이 퍽 기특하기도 했다.

'엄마는 도대체 나한테 왜 이렇게 바라는 게 많아?'라는 말은 사실 내가 자라오면서 친정엄마를 떠올릴 때 가장 많이 들었던 생각이기도 했다. 진짜 내게 바라는 게 많았던 사람은 나의 엄마였다. 엄마는 딸한테 모질게 하면서도 본인에겐 살갑길 바랐고, 언제나 순종하길 바랐고, 남동생에겐 다정하길 바랐으며, 공부를 잘하길 바랐다. 용돈은 벌어 쓰길 바랐고, 학비도 알아서 해결하길 바랐다. 딸이 예뻤으면 좋겠지만, 본인보다는 예쁘지 않길 바랐고, 좋은 남자를 만나 결혼하길 바랐으나 본인보다 행복하지는 않기를 바랐고, 본인만큼은 시집살이를 하길 바랐다. 딸이 건강하길 바랐고, 만일 아프더라도 자신에게 기대지 않기를 바랐고, 그러면서도 엄마에게 예의는 지키기를 바랐다. 자신이 어떤 모순을 저질러도 딸은 본인을 가여워하길 바랐다.

내 우주의 주인이 엄마였을 때는 헉헉대며 그 기대에 부응하느라 긴 세월을 소진했다. 불안에 동동거리며 내 에너지의 90% 이상을 쏟아부어도 엄마에겐 가 닿지 못했다. 늘 부족하다고 야단쳤고, 비난했으며, 절벽 끝으로 밀어냈다. 세상에서 가장 쓸모없는 사람으로 느끼게 했다.

나는 바랐다. 엄마가 나를 이해해 주기를, 가여워해 주기를, 내 불행한 성장환경에서의 고충을 알아주기를, 가슴 깊은 곳에선 미안함을 품고 있기를,

자신의 모순을 부끄러워하기를, 내게 용서를 구하기를.

어느 것 하나 내 바람대로 이루어진 것은 없었다. 늘 실망하고, 넘어졌지만, 나에 대한 엄마의 사랑을 의심하는 일은 언제나 죄책감을 불러왔기에 마치 종교처럼 엄마가 나를 이렇게 대할 수밖에 없는 이유를 찾고, 이해하려고 노력했다. 그렇게 살아왔던 것이다.

세상은 나와 같은 환경 속에서 자란 이들을 'K-장녀'라 일컫는다. 'K'자가 붙을 만큼 서러운 과거를 삭이고 사는 이들이 이렇게나 많다니 이건 누군가의 한탄이나 푸념이 아니라 사회적인 현상으로 봐야 하지 않을까. 'K-장녀'라는 단어에 숨겨진 근원적인 고름을 이제는 짜내야 하지 않을까.

하룻강아지마냥 철없는 나의 딸은 고작 제 손 하나 씻고, 옷을 옷걸이에 거는 것 따위의 소소한 생활 습관을 대단한 일이라도 하는 양 떠들어대는 모습에 실소를 터뜨리다가 이런저런 생각이 꼬리를 물었다.

"앞으로 네가 해야 할 일은 스스로 해내야 해. 어린이라면 충분히 할 수 있는 일만 너한테 시킬 테니까."

단호히 말하고 나서 얌체둥이 사랑스러운 딸을 보며 생각했다.

'네 몫의 일만 충분히 해내도 나는 너를 기특하게 여겨줄 테다. 아니 네 몫을 제대로 해내지 못한다고 하더라도 기다려주리라. 내가 걸어왔던 K-장녀의 길을 너에게 터주진 않을 테니 걱정 말고, 맘껏 철없이 자라라. 애써 일찍 철들지 않아도 된다. 네 나이에 맞는 속도로 성장해도 좋은 사람 되기엔 충분하다.'

딸이 성인이 될 무렵이면 'K-장녀'라는 서러운 뜻의 단어는 고리타분한 옛말로 기억되길 간절히 바랄 뿐이다.

엄마가 미울 때가 있느냐고,
딸에게 물었다

　남편은 출장을 가고, 딸아이와 단둘이 주말을 보
낸 날이었다. 함께 마트도 가고, 산책이라도 하면
하루가 좀 빨리 갈 텐데, 타고난 집순이 성향의 아
이는 집에만 있겠다고 또 고집을 부렸다. 어쩔 수
없이 온종일 집안에서 부대끼며 하루를 보냈다. 저
녁이 되어서는 욕조에 물을 받아 아이가 목욕 놀이
를 할 수 있도록 해줬다. 플라스틱 컵에 찰랑찰랑
물을 담아 딸기주스라며 내어놓는 아이를 물끄러
미 바라보고 있다가 나도 모르게 물었다.

　"○○아 엄마가 많이 사랑하는 거 알고 있어?"

　"응." 아이가 망설임 없이 답했다.

"오늘 엄마가 미운 때는 없었어?"

"응."

역시 망설임 없는 대답이었다.

다행이라고 생각하며 아이의 몸에 괜스레 물을 끼얹어주었다. 평소 텐션이 그리 높지 않은 나는 아이와 놀아주는 일이 버겁게 느껴질 때가 많다. 아이 수준에 맞춰 역할놀이를 하는 것도, 그림이나 클레이 놀이를 하는 것도 어떻게 하면 아이가 더 즐거울지 잘 모르겠다. 나의 그런 모습을 느껴 아이가 행여 서운하진 않을까, 신경이 쓰이면서도 맘처럼 되지 않는다. 그리고 돌아서면 미안해진다. 조금 더 몸을 쓰고, 마음을 써서 놀아줄걸. 그럼에도 나를 사랑한다며 다가와 뽀뽀를 퍼붓고, 가장 좋아하는 분홍색으로 내 얼굴을 그려주는 딸이라 참으로 감사하다.

여전히 나는 엄마에 대한 감정의 파도 속에 살고 있다. 그런 감정들이 다른 모습으로 불쑥불쑥 찾아온다. 어떤 날은 그녀를 가여워하고, 어떤 날은 죽도록 미워한다. 어떤 날은 한 번도 떠올리지 않다가도, 어떤 날은 생각의 틈새마다 자리해서 어금니 사이에 낀 고기처럼 신경 쓰이게 만든다.

'나는 엄마다. 나의 딸이 나를 미워하지 않았으면 좋겠다.' '나는 누군가의 딸이다. 나의 엄마도 딸이 자신을 미워하지 않았으면 좋겠다고 생각하지 않을까.' '내 엄마는 왜 자신이 미웠던 적이 있느냐고 묻지 않을까.' '왜 내게 미안해하지 않을까.' '그런데 왜 내 마음 한편엔 죽어도 인정하기 싫은 엄마에 대한 미안함이 있을까.' '실은 엄마도 내게 미안해하고 있을까. 그럴까.'

언제나 마침표 대신 물음표로 끝나는 메아리 같은 질문들……. 이런 생각들로 마음이 미어지다가도, 끝끝내 기억 속에 남은 내 엄마의 모습은 역시나 정 반대라서 다시 미움으로 기억을 또 덮는다.

'이럴 줄 알았으면 엄마가 되지 말걸' 하고 생각할 때도 많다. 누군가의 인생에 이토록 큰 영향을 미칠 존재인 줄 알았다면 정말이지 안 했을 거다.

하지만 아이의 말캉한 볼을 쓰다듬으면 그런 생각은 또 먼지처럼 휙 사라진다. 나는 또 웃고 있고, 손은 어느새 보드라운 살결을 쓰다듬고 있다.

나도 한때는 엄마에게 그런 존재였겠거니 생각하면 눈가가 시큰해지고, 가까운 과거를 돌이켜보면서 가슴이 서늘해진다. 이 신파 같은 감정의 기복과 기억의 습격에 또 하루를 허우적댄다.

엄마가 내게 물어준다면.

내가 내 딸에게 물었던 것처럼 '엄마가 미울 때는 없었느냐'고 물어준다면. 나는 아무 말도 못 하고 와락 안겨 엉엉 울어버리고 말 것 같은 그런 밤이었다.

당신의 첫 번째 거짓말을
기억하나요

난 비교적 어렸을 때의 기억이 많이 남아있는 편
이다. 세 살 때의 기억도 어떤 부분에선 생생하게
남아있다. 갓난아기였던 남동생을 구경하다가 별
안간 심술이 나서 양 볼을 잡고 흔들었던 일, 우리
가족이 세 들어 살던 주인집 딸 언니랑 모나미 볼
펜으로 낙서하던 기억, 밤마다 싸우던 부모님을 말
리기 위해 아빠의 실크잠옷 바지를 잡아끌었던 미
끄덩한 감촉, 거실 겸 안방이었던 공간에서 이불을
덮은 채 '포청천'이나 '젊은이의 양지' 등의 드라마
를 보던 기억, 어느 날 갑자기 한글을 깨우쳐 동화
책을 술술 읽게 되었던 순간, 아무도 없는 집에서

싱크대에 올라가려다 발뒤꿈치가 까져 엉엉 울었던 일, 주택이었던 할머니 집을 걸을 때마다 삐걱거리던 마룻바닥 소리와 눅눅한 냄새처럼 어떤 장면들은 아직도 촉감과 향까지 또렷하다.

내가 처음으로 죄책감을 느꼈던 순간도 꽤나 어린 시절의 기억이다. 아버지는 상당한 욕쟁이였는데, 그건 집안 내력이었다. 엄마의 시어머니였던 할머니는 심사가 뒤틀리면 손주 앞에서도 거침없이 며느리에게 욕지거리를 뱉었다. 아빠 역시 엄마와 싸울 때면 상스러운 억양의 찰진 욕과 존재를 비하하는 내용의 말을 쏟아내곤 했다. 그건 어린 나에게도 영향을 끼쳤다.

아마도 다섯 살쯤 됐을까. 유치원생이던 시절의 기억이다. 어떤 일 때문이었는지는 대부분 기억 나지 않지만, 엄마가 혼내거나 내 말을 들어주지 않을 때, 스스로 민망하거나 부끄러운 마음이 들 때 나는 문지방에 서서 마음속으로 욕을 했다. 아무도 모르게, 아무도 못 듣게, 입가에서 아주 작은 소

리로 그간 들었던 가장 나쁜 말들을 골라 읊조리곤
했다. 그건 어린 나만의 스트레스 해소 방법이자,
일탈, 혹은 장난이었다. 문지방을 드나들 때마다 남
몰래 욕을 내뱉으면 스릴이 느껴지면서 꽤 큰 쾌감
을 느끼곤 했던 것 같다. 문지방을 지날 때마다 욕
을 속삭이는 꼬마라니……. 지금 생각하면 어이없
지만 그 기억으로 깨달은 바는 있다. 어린아이라고
해서 마음이 무조건 티 없이 맑기만 한 건 아니라
는 것. 문지방에 서서 욕을 삼키던 꼬마의 심경에
는 분명 검은 방울이 똑 똑 떨어지고 있었다.

처음으로 거창한 거짓말을 했던 기억도 남아있
다. 초등학교 1학년 즈음 동전을 모아두는 바구니
에서 10원짜리 열 개를 꺼내 문방구에서 달고나를
사 먹었다. 첫 번에 걸리지 않자, 다음부터 꽤 자주
대담하게 훔쳐 간식거리를 사 먹었던 것 같다. 200
원, 300원. 그러던 어느 날 엄마가 내게 동전 바구
니에 손을 댔느냐고 물었다. 나는 아니라고 고개를
저었고, 엄마는 매서운 눈으로 네 행동을 다 알고

있다고 했다. 곧이어 아버지에게 내 만행을 고하기 시작했고, 비난과 욕의 행렬이 뒤를 이었다. 그리고 먼지떨이개로 맞았다. 나는 울면서 무릎 꿇고 손을 들었다. 그때 느꼈던 두려움과 떨림, 수치심을 아직 기억한다.

딸은 내가 처음으로 거짓말을 했던 나이만큼 자랐다. 몸도 머리도 부쩍 자란 만큼 요즘은 하는 행동도 분위기도 전과는 확연히 다르게 느껴진다. 아직 어린이지만 조금은 더 성숙해진 느낌이랄까.

실은 얼마 전부터 사소한 거짓말을 하는 일이 늘어나고 있다. 이를테면 아침에 양치하고 오라고 하면 했다고 대답하는데, 칫솔을 만져보면 물기가 하나도 없이 메말라 있는 식이다. 몇 번 주의를 주고, 엄마를 속이지 말고 너의 치아 건강을 위해 이를 꼭 닦으라고 당부했는데도, 감시를 하지 않으니 같은 일이 계속됐다. 따끔하게 주의를 주었는데도 마찬가지였다. 양치를 했다고 해서 같이 외출했는데 나란히 앉아서 입냄새를 느껴보니 전혀 양치를 한 이에서 날 수 있는 향이 아니었다.

"너 오늘 양치했어?"

"응"

"아닌 거 같은데."

아이의 입에 코를 대고 킁킁댔다. 거짓말을 들켰
을 때 아이 표정을 보면 아직 투명하다. 일단 눈을
제대로 마주치지 못하고, 볼은 상기된다. 시선은 불
안하고, 손끝을 만지작거리거나, 딴청을 피우며 어
색한 미소를 짓기도 한다. 그 모습이 웃겨서 피식
웃음이 새 나오려다가도, '이러면 안 되지' 하며 마
음을 다잡는다.

"엄마는 너를 믿고 몇 번이나 같은 잘못을 넘어
가 줬는데, 믿었는데, 어째서 오늘도 같은 일을 벌
인 거야?"

"……."

"오늘은 정말 실망스럽다. 양치는 나를 위해서가
아니라 너를 위해서 하는 거야. 그래서 엄마가 따
로 검사도 하지 않는데 또 이런 일이 생겼네. 너한
테 부끄럽지 않아? 엄마를 속이기도 했지만, 너도
속인 거잖아."

아이는 미세하게 고개를 끄덕였다.

"엄마는 너를 믿고 싶어. 매일 양치했느냐고 물어보고 확인하면서 잔소리하고 싶지 않아. 네가 스스로 이를 닦는 아이였으면 좋겠어."

"이제 안 그럴게."

아이는 개미만큼 작은 목소리로 답했다.

"믿어도 될까? 정말 믿고 싶은데."

"응"

다그치고 싶기도 했고, 충분히 그럴 수도 있는 상황이었지만 그러지 않았다. 다만 알려주고 싶었다. 양치질은 자신을 위생을 지키기 위해서 하는 일이고, 스스로를 속이는 게 엄마를 속이는 것보다 더 부끄러운 일이라는 걸. 그리고 아이도 알 거라고 믿었다.

부끄러움에 얼굴을 붉히는 아이의 얼굴을 보며 그맘때 나의 모습이 떠올랐다. 처음으로 거짓말을 들켜 호되게 혼났던 날. 그러나 거짓말한 아이를 차마 다그치지 않는 어른으로 자란 내 모습이 퍽 마음에 들었다. 아직 눈에 훤히 보이는 거짓말을 하는 순진한 딸이 귀엽다. 이토록 쉽게 들키다니 고맙기까지 하다.

이 아이는 자라서 아마 엄마인 나는 절대 모를 비밀을 하나둘 만들어갈 것이다. 양치를 하지 않는 것보다 더 나쁜 일을, 발칙한 일을 벌일지도 모른다. 앞으로 나는 이 아이에 대해서 아는 것보다 모르는 것이 더 많아질 것이다. 훗날엔 양치질로 실랑이 벌이던 오늘을 추억하게 될지도 모를 일이다.

엄마를
이해하게 되다니

열이 오르면, 십 분 전에 느꼈던 행복도 촛불처럼 사그라든다. 얼마 전에도 고열로 병원 신세를 졌다. 아주 약간의 긴장과 스트레스에도 이렇듯 격렬하게 반응하는 내 몸. 이번에도 빨간색 바탕에 찍힌 39.9라는 숫자에 무릎을 꿇고 말았다. 경련하듯 떨리는 몸으로 응급실에 도착해 곧바로 항생제를 투여받았다. 또 시작이구나. 적어도 일주일은 입원해야겠구나. 벌써 몇 번째 반복되는 일임에도 오한과 함께 찾아오는 기분 나쁜 구역감은 좀체 적응되지 않았다. 그리고 그 녀석도 함께 찾아왔다. 우울감.

열이 슬슬 오르기 시작하던 그날 저녁, 내 일상에 별다른 징후는 없었다. 모처럼 놀러 오신 시부모님을 모시고 이곳저곳 놀러 다니며 맛난 것을 대접할 생각에 설레었다. 물론 '내일 아침 식사는 어떻게 차려야 할까.' '맛있게 드셔주실까.' 신경이 쓰이긴 했지만, 몸이 무너질 정도의 스트레스는 아니었다. 시부모님과 함께 식물원도 가고, 케이블카도 태워드리고, 전망 좋은 카페에서 수다도 떨었다.

문제는 저녁이었다. 슬슬 한기가 느껴지기 시작하더니 이내 이가 딱딱 부딪힐 만큼 몸이 떨리기 시작했다. '지금은 안돼. 이 좋은 순간에 왜…….' 급히 진통제를 사러 식당 근처 편의점에 갔지만 팔지 않았다. 나는 오로지 정신력으로 내일 아침까지만 버텨보자고 다짐했다. 아프지 않고 건강하게 잘 사는 줄 믿고 있는 시부모님을 실망시키고 싶지 않았다. 하지만 내 모습이 피로해 보였는지 어머님 아버님이 눈치를 채신 듯했다.

그래도 집에 가실 때까지는 참아보자는 생각으

로 밤새 오한을 견뎌냈다. 다음날 진통제 네 알의 힘으로 아침까지 차려낼 수 있었다. 남편은 지금 밥이 대수냐고 했지만, 일 년에 한 번 올까 말까 하는 시부모님께 걱정을 끼치고 싶지 않았다. 그럼에도 이미 내 안색을 보고 눈치를 챘는지 두 분은 아침 일찍 훌쩍 집을 나섰다.

어머님 아버님이 현관문을 나서자마자 나는 거짓말처럼 쓰러지듯 누워 온몸을 벌벌 떨었다. 골이 울리는 두통과 구역, 고열을 동반한 오한은 일순간에 나를 세상에서 가장 불행한 사람으로 만들어버렸다.

병원에 가서 항생제 링거를 연달아 맞아도 3일차까지 큰 호전이 없었다. 병실 변기통에 빈속을 게워 내고 나서 바라본 거울 속에는 잿빛이 된 내가 들어있었다. 이게 내 진짜 얼굴인 걸까. 나는 평생 이렇게 살아야 할 운명인 걸까. 사랑스러운 딸과 다정한 남편, 든든한 시부모님은 모두 꿈이 아니었을까.

내가 가진 병, 항생제로 잡히는 이런 열 따위와
는 비교도 안 될 정도로 지독한 병과 싸우는 사람
들도 많지만, 그래도 나도 불행했다. 그 고통을 느
끼는 건 오직 나뿐이니까. 그러니 인간은 얼마나
이기적인가 싶다가도, 또 걷잡을 수 없는 기운이
내 전신을 꽁꽁 싸맸다. 가만히 누워있어도 눈물이
났다. 그냥 흐르는 게 아니라 꺼이꺼이 울음이 났
다. 곧 나을 건데 왜 이럴까 하면서도 어깨를 들썩
이며 울었다. 청소하시는 분이 들어왔는데도 창피
한 줄도 모르고 울었다.

열이 어느 정도 잡혀 퇴원할 시기가 되었는데도,
이상하리만큼 두통과 구토 증상이 낫질 않았다. 진
통제도 소용없었다. 가시지 않는 두통과 구역질.

나의 엄마도 그랬다.

예민했던 엄마는 스트레스받는 일이 있을 때면
어김없이 두통을 호소하며 화장실로 달려가곤 했
다. 그럴 때마다 등을 두드려주는 건 나의 몫이었
다. 나중에는 감정도 없이 또 시작이구나 싶었다.

나한테 이런 걸 물려줬구나. 이런 걸 닮았구나.

힘들었겠다. 많이 아프고 외로웠겠다. 그런 생각이 들었다. 그때 엄마는 남편도 든든한 친정도 시댁도 없었는데, 애 둘만 혹처럼 달려있었는데, 뒤집힌 속을 그렇게 게워냈구나. 이렇게 먼발치서 엄마의 고통을 함께 겪으며, 이해하게 될 때 늘 괴롭다. 끝엔 항상 물음표가 남는다. 그런데 왜 나한테 그랬어? 서로 토닥이면 좋았을 텐데. 이런 마음이 들 때 슬프고 억울하다.

홀로 퇴원하고, 집에 와 씻고, 들깨 순두부찌개를 시켜 한술 뜨곤 또 다 토했다. 창밖을 내다보며 거실을 휘휘 걸어도 보고, 명상에 관한 영상을 틀고 따라 하려고 해봐도 소용이 없었다. 하원하고 온 아이에게 간식을 잔뜩 내어준 채 아이패드를 맘껏 하도록 내버려두고 침대에 웅크리고 누워만 있었다. 영원할 것 같은 이 두통.

퇴근 시간이 되자 남편이 왔다.

"나 좀 안아줘. 자꾸만 눈물이 나."

내가 말하자 남편이 "마음의 감기가 왔구나" 하

며 꼭 안아주었다.

착한 사람. 약물치료가 끝났는데도 호전되지 않는 내 신체 증상이 몸이 아닌 마음에서 기인하는 것임을 알고 있는 현명한 사람.

남편이 식탁에서 아이에게 밥 먹이는 모습을 보며 나는 소파에 앉아 숨을 깊이 들이마시고 내쉬어 보았다. 우리 집, 저토록 사랑스러운 우리들. 내가 슬플 이유가 없다. 시원한 냉면이 먹고 싶어 배달 시켰다가 두어 젓가락 뜨고 말았다.

내가 이번엔 수박이 먹고 싶다고 하자 남편은 군말 없이 나가, 실한 수박을 한 통 사 왔다. 수박이 어찌나 시원하고 달던지. 십 분 전의 두통이 십 년 전 일인 듯 아득하게 괜찮아졌다. 한동안은 이 수박의 힘으로 살아낼 수 있을 것 같다고 생각했다.

조금 더 씩씩한 엄마가 되려고
폭포에 간다

갑작스러운 고열과 구토 증상으로 일 년에 다섯 번이나 입원하기도 했다. 남편이 출장 가 있는 동안 구급차에 실려서 병원에 간 적도 많았다. 아이를 맡길 곳도 없었기에 내 딸은 나와 함께 구급차를 타는 경험을 벌써 여러 번 했다. 응급실 의료진도 이제는 다 아는 내 이름. 의료진이 내원 기록이 너무 많아서 처음 방문 자료를 찾는 게 더 어렵다며 농담 아닌 농담을 건넬 정도다.

나는 링거를 달고 벌벌 떨면서 고통스러워하고 있고, 아이는 그럴 때마다 내 곁에 함께 있어 주었다. 이런 꼴을 보이는 엄마인 게 너무 미안해서, 잠시 정신이 들면 편의점으로 데려가 좋아하는 간식을 잔뜩 사주며 미안함을 달랬다. 씁쓸한 상황에서 입이라도 달콤하라고, 못난 엄마는 아이에게 단 걸 자꾸 물려줬다.

평소에는 누가 봐도 건강해 보이는 나이지만, 언제 아플지 알 수 없는 불안함과 잦은 입원으로 정상적인 사회생활에 대한 두려움이 컸다. 내일 누군가를 만나기로 해놓곤 새벽부터 열이 나 실려 간다거나, 다음 주에 미팅 약속이 있는데 입원하는 상황의 반복이었다. 대단한 병명이 있는 것도 아니고, 겉보기에는 멀쩡한데 매번 누군가에게 내 상황을 설명하는 것도 쉽지 않았다. 지금은 괜찮지만, 언제 아플지 몰라요,라는 말을 누가 선뜻 공감해 줄 수 있을까. 자칫 책임감 없는 사람으로 비치진 않을까 걱정도 됐다.

새해도 병원에서 맞이했다. 피검사 수치로도 알 수 없는 내 몸의 상태, 원인도 모르는 고열과 구토 증상은 이제 내 몸뿐만이 아니라 정신까지도 갉아

먹는 듯했다. 그야말로 아무것도 하기 싫은, 할 수 없는 상태가 된 것이다. 집에서 조금만 멀리 떨어져도, 이러다 내가 또 쓰러지는 것은 아닐까 걱정스러웠고, 하루에도 몇 번씩 목덜미를 만져보며 열이 나는지 체크하기 바빴다. 한 시간을 외출하면 집으로 돌아와 두 시간은 완전히 뻗어있어야 할 만큼 체력도 쇠약해졌다. 아이를 유치원에 보내고, 혼자 집에 가만히 앉아 있는데도 너무 피곤해서 앉은 채로 곯아떨어진 적도 많았다.

내가 무얼 할 수 있을까. 정말이지 아무것도 해낼 수 없을 것 같은 패배감과 외로움이 다시 나를 에워쌌다. 엄마가 좋다며 달려드는 딸에게도 살갑지 못했다. 내 주변 모든 상황이 다 날 아프게 만드는 것 같은 착각에서 헤어 나오기 힘들었다.

만 나이 시행으로 나이는 두 살이나 어려졌는데도, 어찌 된 일인지 죽을 날을 앞둔 노파마냥 앉은 자리에서 일어나는 일이 세상에서 가장 어려운 일로 느껴졌다. 하원한 아이와 놀아주기는커녕, 보기 싫다는 아이에게 억지로 TV를 틀어주고는, 그 옆에 누워서 기절하듯 잠드는 나날의 반복이었다. 이런 엄마가 되고 싶진 않았다. 이런 엄마가 될 줄은 몰랐다. 어떻게든 이 굴레에서 빠져나와야만 했다.

아침 바람이 선선한 초봄의 어느 날, 큰마음을 먹고 산책에 나섰다. 아주 오랜만에 느리게 느리게 바깥에서 걷고 있는 내가 기특할 만큼 나는 나약한 상태였다. 집 근처 계곡 옆으로 난 산책로를 따라 완만한 언덕을 올라가면 꽤나 멋진 폭포가 나온다. 집에서 4000걸음 정도쯤이면 닿을 수 있는 거리인데, 이 집에 사는 동안 한 번도 걸어서 와보지 못했었다. 내 컨디션이 가장 바닥으로 떨어져 있던 시기에 뭐라도 해야겠다는 생각으로 나섰던 길의 끝에는 시원하게 물줄기를 내뿜는 폭포가 자리하고 있었다.

막 초록으로 차오르기 시작한 나무들, 계곡의 물소리를 들으며 맑은 하늘을 보니 조금 기운이 나는 것도 같았다. 선선한 바람을 맞으며 걸어가다가 문득 웃고 있는 나를 발견했다. 그때 결심했다. 아침마다 이곳을 거닐어 보기로. 나를 짓누르는 무기력에 조금이나마 저항할 힘이 드디어 생기는 것 같았다. 아주 미약한 시작이었지만 스스로 밖을 나선 나를 기특하게 안아주고 싶은 날이었다. 나를 다시 건강했던 예전의 모습으로 데려다줄 수 있을 것만 같은, 아이에게 더 건강하고 씩씩한 엄마가 되어줄 수 있을 것만 같은 걸음의 시작이었다.

흔히 우울증에 걸린 사람에게 햇살 아래 산책을 권하던데 그 이유를 알 것 같았다. 그렇게 매일 아침 폭포로의 산책은 계속되었다. 그동안에도 응급실로 실려 가는 일은 있었지만, 회복되면 그냥 습관처럼 걸었다. 그 순간 걸을 수 있음에 감사하며, 아침 햇살과 부는 바람에 감사하며 걸었다. 진부한 표현이지만 몸이 아프고 나니, 일상의 작은 순간들도 다 귀하게 느껴졌다. 걸을 수 있는 그 순간만큼은 감히 '행복'이라고 부를 수 있는 감정이 차올랐다.

산책을 시작하고 나서 내 몸과 컨디션이 아주 좋아졌다고 말할 순 없지만 아침마다 길을 나서는 사람이 된 것은 내게 매우 특별한 사건이었다. 하원

후 돌아온 아이에게 폭포로 향하면서 봤던 벌레와 사람들 이야기를 조잘거리기도 했다. 엄마랑 한번 같이 가볼래? 라는 물음에 아이는 단호하게 싫다고 했지만, 아무렴 상관없었다.

나는 나를 위해, 그리고 아이에게 조금이나마 씩씩하고 생기 있는 엄마가 되어주기 위해 계속 걸어보기로 했다.

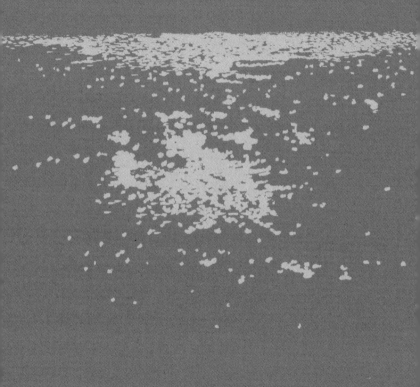

Chap 3

엄마를 버렸고, 나를 찾았고

엄마로부터 도망쳐도
괜찮아요

엄마를 미워한다. 아니 미워했다. 지금은 잘 모르
겠다. 아직도 미운 건지, 어쨌든 이만큼 멀리 떨어져
나와 숨을 좀 쉬고 산다.

나를 죽이고 싶을 만큼 엄마가 미웠던 때가 있었
다. 내가 죽으면 내 힘든 마음을 좀 알아줄까 싶어
서. 그러면 내 이야기를 좀 들어줄까, 그 많은 말 가
운데 한 마디쯤은 미안하다고 해줄까 하는 미련한
기대 때문에. 몸이 망가지고 마음마저 철저하게 무
너졌을 때, 엄마로 인해 내가 몸보다 마음이 더 망
가졌다는 걸 알았을 때 만난 정신과 의사 선생님은
내게 이렇게 말했다.

"엄마를 너무 사랑해서, 사랑받고 싶어서 미운 거예요."

엄마가 미운 마음으로 가득 차서 힘들어 죽겠다며 울부짖는 나에게 차분히 건네던 의사의 말은 나를 더 무기력하게 만들었다.

그러나 시간이 흐른 지금, 당시 그의 말이 맞았음을 인정하게 되어버렸다. 그때는 미워하면서도 사랑받고 싶었나 보다. 사랑받고 싶은 마음이 미움을 크게 만들었나 보다. 그러나 이제 나는 깨달았다. 이제 나는 엄마를 미워하지 않는다. 더 이상 과거의 기억이 나를 눈물짓게 하지 않는다. 과거로부터 완벽하게 분리됐다고 자신할 수는 없지만 어쨌든 전에 비하면 훨씬 더 나은 방향으로 나아가고 있다고 믿는다.

그리고 또 깨닫는다. 이제 더는 엄마를 사랑하지 않는구나. 엄마의 사랑을 받고 싶은 마음마저 내려놔 버렸구나. 그래서 미운 마음마저도 날아가 버렸구나. 그 감정이 사라졌다는 건 더 이상 어떤 애정도 남지 않았다는 의미일까. 이런 생각이 나는 왜 안도가 될까. 엄마가 밉다고 말하면 안 되는 줄 알았다. 엄마를 미워해서는 안 되는 줄 알았다. 하지만 나는 이제 말하고 싶다. 나와 같은, 나보다 더 한 상처를 가진 사람들에게…….

"엄마가 미우면 밉다고 얘기하세요. 사과하라고, 내 이야기도 좀 들어달라고 얘기하세요. 마음이 찢어지고, 몸이 망가지는 그 순간조차도 엄마가 당신의 이야기를 들어주지 않는다면 죽을힘을 다해 엄마로부터 도망치세요. 숨이 쉬어지는 곳까지 달려가세요."

아무도 내게 이렇게 말해주지 않았다. 마음이 버거워 누군가에게 어렵게 마음을 터놓으면 대개는 이렇게 말했다.

"그래도 엄마인데……. 딸이 참아야지. 세상에 딸 사랑하지 않는 엄마가 어디 있겠어……."

세상에 딸을 사랑하지 않는다고 말하는 엄마는 없을 것이다. 하지만 그 전제를 빌미로 정서적 학대를 정당화하는 부모는 분명히 있다. 사랑을 느끼지도 못한 채 늘 절벽에 떠밀리는 기분으로 살아가는 딸, 그 자녀의 삶은? 누구도 책임져주지 않으면서, 겪어본 적 없으면서 감히 '그래도'라는 말을 입에 담는 사람들의 말은 과감히 흘려보내자. 흘려보내길 바란다.

스스로 참을 수 없이 아프면서도 부끄러워 어디에도 털어놓지 못했던 말들을 SNS에 글로 토해내면서, 나는 생각보다 많은 사람들이 나와 같은, 나보다 더 큰 고통을 겪으며 살아가고 있다는 사실을 알게 됐다.

미약한 나의 글에도 눈물짓는 가여운 사람들에게 나는 이렇게 말해주고 싶다. 일단 벗어나라고, 도망치라고, 멀리 떨어져 나오라고. 천륜을 끊으라는 모진 말이 아니다. 일단은 '우리가 좀 살자'는 얘기다. 숨통이 트이는 곳으로 나와 멀리 떨어져 '엄마'라는 사람을 들여다보니, 엄마 나름대로 고단한 삶도 보였다. 그리고 그 속에서 아프게 자라온 나도 보였다.

떨어져 나와 마음이 회복되고 나면, 그 이후의 선택은 자신의 몫이 아닐까. 나는 일단 용기 내 도망쳐 나왔고, 지금 상태에서 더 나아가 엄마와의 관계가 어떤 방향으로 전개될지 갈피는 잡지 못했다. 그냥, 이대로가 좋다. 지금은.

그저 이 글을 보고 있는 나와 같은 사람들에게 내가 해주고 싶은 말. 누군가 나에게 꼭 해줬으면 좋았을 말. 나조차도 비겁하고, 모질다고 생각했기에 차마 몸이 망가지기 전까지는 해볼 엄두도 내지 못했던 말.

"부모 때문에 당신이 힘들다면, 도망치세요."

엄마를 버리고도
잘 살 수 있을까

'엄마를 버리고도 잘 살 수 있을까.'

누군가 소리 내 타인에게 묻지도 못하고 속으로만 이렇게 되뇌고 있는 사람이 있다면 내가 대신 대답해 주고 싶다.

"잘 살 수 있어요. 최선을 다해 당신이 살고 싶은 쪽으로 걸으세요."

'엄마를 버린다'라는 말 자체에도 일종의 죄책감이 서려 있음을 안다. 이건 내 마음의 소리이기도 하니까. 하지만 내 마음속 다른 나는 다시 이렇게 정정한다. '당신은 엄마에게 버려졌다.' 이제 더 이상 엄마 없이 살 수 없는 아이가 아니기에 엄마의

사랑을 갈구하지 않을 뿐. 그저 나의 인생을 살아
갈 뿐.

엄마와 연락하지 않고 지낸 첫 이삼 년 동안은
엄마한테 상처받은 기억들 속에서 허우적대느라
많은 날을 분노하고, 소리치고, 눈물을 쏟아냈다.
상처받은 몸과 마음을 추스르기에도 힘든 시간이
었지만, 그보다 더 나를 괴롭혔던 건 외면하기 힘
든 죄책감이었다. 내가 엄마를 정말 보지 않고 살
아도 될까. 엄마를 보는 일도 죽음을 떠올릴 만큼
힘들었지만, 보지 않고 사는 일을 결심하는 일도
죽음을 떠올릴 만큼 괴로웠다.

그러나 불행인지 다행인지 수술 후유증으로 일
년에도 대여섯 번씩 반복되던 입원 생활은 엄마를
떠올리는 일보다 일단 내 몸에 몰두할 기회를 만들
어 주었다. 온몸을 떨게 하는 오한의 증상과 물 한
모금도 게워 내는 고통의 시간이 지나면, 어느새
내 몸이 안정을 찾은 것만으로도 나는 스스로가 기
특해졌다. 엄마를 미워했던 마음이나 그 이유도 점

점 희미해지는 것을 느꼈다.

누군가 내게 엄마를 아직도 미워하느냐고 묻는다면 나는 '아니다'라고 답할 거다. 이젠 아무런 감정도 남아있지 않다. 지난 시절을 과거로 묻어둘 힘이 나에게 생긴 것 같다.

그리고 무엇보다 스스로에게 당당하게 말할 수 있다. 나는 '엄마'라는 존재로부터 완전히 분리되었다고. 더 이상 내게 어떤 영향도 미치지 않는다고. 미워하는 마음도 애정을 갈구하는 마음도 이젠 내게 없다. 그저 주어진 오늘의 삶을 잘 살아가는 데 온 힘을 다하고 싶을 뿐이다. 나아가 소소한 바람이 있다면 나와 같은 마음의 짐을 가진 이들에게 이렇게 말해주고 싶다는 것.

'당신의 엄마가 밉다면, 이해할 수 없다면, 증오스럽다면 마음껏 미워하고, 결코 이해하지 말고, 증오하세요. 할 수 있을 만큼 마음을 토로하세요. 정신과 상담도 좋고, 일기장도 좋고, 그림도 좋아요. 온 힘을 다해 엄마를 미워해 보세요. 엄마를 미워하는 일에 죄책감 느끼지 말고 동시에 자신의 삶을 사세요. 명랑하게, 씩씩하게 충분히 그래도 되는 사람이니까. 누구도 당신보다 당신을 이해할 수 있는 사람은 없으니, 스스로를 평가하고 타인의 시선에 짓눌려 마음을 외면하지 마세요.

하지만 엄마를 미워한다는 말을 차마 내뱉기가 너무 두렵죠. 저도 그 마음 알아요. 제가 용기를 내 그 이야기를 전할게요. 미우면 미워하세요. 버리고 싶으면 버리세요. 그래야 당신이 살 수 있다면 그렇게 해서라도 우리 살아봐요.'

제가 그렇게
나쁜가요?

담관을 절제하고 소장과 십이지장을 잇는 수술 후 서울의 병원에 입원해 있을 때의 일이다. 인생 최대의 고비였던 그 시간, 몸은 몸대로 마음은 마음대로 피폐해지고, 이해할 수 없는 엄마에 대한 원망에 사로잡혀 하루 종일 혼잣말로 욕을 지껄이다 웃다 반복하던 나날이었다. 예상보다 입원 기간이 길어지면서 남편이 아이를 돌보러 지방에 내려가 있는 동안 간병인을 고용한 적이 있다. 육십 대쯤 되었을까. 우리 부모 나이대이거나 약간 더 연세가 많아 보이는 분이었는데, 그때는 내가 화장실도 혼자 다닐 수 있을 정도여서 그분이 할 일은 별로 없었다. 갑자기 열경련이 오는 응급상황에 대비해서 자리를 지키는 정도의 역할이었다. 그 아주머니는 하루의 대부분을 간이침상에 누워 맞고를 치고 낮잠을 자곤 했다. 입맛이 없는 내게 계속 뭐라도 먹어야 한다고 반복해서 이야기하곤 했는데, 그땐 정말 그 이야기가 듣기 싫었다.

어느 날 아주머니와 병동 산책을 함께 하면서 이런저런 얘기를 나누게 되었는데, 엄마와 비슷한 나이대의 분이라 그랬는지, 나는 당시 엄마와 나의 상황을 이야기하며 엉엉 울었다. 마음도 한참 약해졌을 때라 그렇게라도 위로를 받고 싶었던 것 같다.

그때 아주머니는 내 이야기를 다 듣고 이렇게 말했다.

"그래도 자식이 부모 이기려고 하면 쓰나. 엄마가 너무하긴 했지만, 자기가 먼저 전화해. 천륜은 못 끊는 거야."

겨우 다잡고 털어냈던 마음이 다시 무너진 순간이었다. 공감받지 못했다는 좌절감에 나는 더 괴로웠다. 엄마 연배의 사람들은 정말 이렇게 생각하는

구나. 내 엄마 또한 비슷한 마음으로 나를 더욱 괘씸하게 여기고 있겠다는 생각에 더 힘들어졌다.

나는 공감이 필요했다. 내 편에 서서 나를 안아 줄 사람이 필요했다. 하지만 누구도 확실하게 내게 이야기해 주지 않았다.

상담을 신청하자 병실로 찾아왔던 정신건강의학과 교수마저도 그랬다. 상담은 확실한 해결책을 제시 해주지 않았고, 항상 애매모호한 답변으로 마무리되었다. 물론 의사 입장에서는 당연히 그럴 수밖에 없었겠다고 지금은 생각하지만, 그땐 그렇게 답답할 수가 없었다.

'엄마로부터 멀어져. 도망쳐. 그럴 수 있어. 그래야만 해.'라는 목소리가 듣고 싶었다. 이런 말을 해 줄 누군가를 기다리지 않고 스스로 선택하기에는 용기가 부족했고, 확신이 없었다.

이제 나는 내가 어떠냐고, 혹시 나쁘냐고 누구에게도 묻지 않는다. 엄마와의 연을 끊고 내 삶을 찾았고, 내가 세상에 전할 메시지를 찾았노라고 얘기할 테다. 내가 죽도록 고민하고 얻은 이 결말을 다른 이에게 전하겠다고 말이다.

이렇게 아플 땐
누구를 떠올려야 할까

　가끔은 꿈에서 만난 엄마와 치열하게 싸운다. 제
발 한 번만 이야기를 들어달라고 애원하는 나를 뿌
리치는 엄마. 꿈에서조차도 그런 엄마가 죽도록 미
웠고, 나는 통곡을 하며 깨어났다.

　병원에서 새해를 맞았던 2021년이 다 가기 전에
나는 또 한 손에 링거를 꽂고 환자복을 입은 채 병
원에 누워있었다. 남편은 프로젝트 마무리로 한창
바쁜 연말이었는데도 다시 몇 번의 연차를 내고 아
이를 돌봐야 했다. 또 입원했다는 사실을 시댁에도
알리고 싶지 않아서 남편에게 무게를 다 지우고 말
았다. 시댁 어른은 누구보다 내 상황을 이해하고

도와줄 분들이었지만, 그럼에도 결코 편하게 기댈 수 있는 자리는 아니었다. 나는 그들에게 그저 여전히 건강하고, 활기찬 며느리이고 싶었다.

그날처럼 불시에 열이 올라 팬티 한 장 걸치고 남극에 떨어진 사람처럼 벌벌 떨게 되는 순간만 아니라면 난 보통의 사람처럼 정말 건강하다. 그렇다고 느낀다. 그러나 고열은 예고도 없이 불쑥 찾아와 겨우 회복한 나의 일상을 다시 수포로 만들어버리곤 한다. 나의 아픔이 남편과 아이, 심지어 남편의 회사 사람들까지 불편하게 하는 것 같아 마음이 무겁다. 멀쩡히 살다가도 이렇게 한 번씩 휘청하는 내가 밉고, 한편으론 또 내가 가여워서 병실 커튼을 닫은 채 소리 없는 눈물을 흘리기도 한다.

이렇게 아플 땐 누구를 떠올려야 할까.

누구를 떠올려야 신세 지는 느낌 없이 포옥 기댈 수 있을까. 그게 보편적인 사람들에게는 당연히 '엄마'라는 걸 알면서도 나는 그 답을 애써 외면한다. 다만 우리 아이는 언제나 이런 순간 '엄마'인 내가 떠올랐으면 좋겠다.

　그날 같은 병실에 있던 머리가 하얗게 센 할머니는 귀가 잘 들리지 않아 호통치듯이 말씀하셨다. 4인실에는 나를 포함해 비교적 젊은 사람들만 있었고, 대부분 커튼으로 늘 침대를 가리고 있어서 할머니가 혼자 외로워 보였다. 그런데도 할머니한테 선뜻 먼저 살갑게 말을 붙이기는 어려웠다.

　그 할머니를 보며 이런 생각을 했다. 어딘가 있을 나의 엄마는 아프지 않았으면 좋겠다고. 저렇게 나약한 모습으로 존재하지 않았으면 좋겠다고. 그렇게 아픈 나를 외면했으면, 더 건강하고 쨍쨍하게 살기라도 했으면 좋겠다고. 먼저 늙는 사람은 더 빨리 초라해지니까.

　아프고 약해진 모습으로 나에게 복수하고 싶다면, 혹시 그런 모습에 내가 마음 아플거라 생각한다면 그건 오산이라고.

오, 나의 가여운
나르시시스트 엄마

샤워할 때마다 벌거벗은 채로 거울 앞에 서면 시선은 늘 배로 향한다. 정확히 말하자면 배꼽 위로 25cm쯤 길게 나 있는 흉터를 본다. 꿰맨 자국은 맨들맨들해졌지만 원래 살보다 색이 밝고, 약간 볼록하게 솟아있어 눈에 띈다. 평생 지워지지 않을 문신과도 같은 이 상처는 볼 때마다 특별한 의미로 다가온다. 이 상처가 생기고 얼마 지나지 않아 엄마로부터 멀어질 결심이 섰기 때문이다.

담관의 10cm짜리 혹을 떼어내고, 항생제 내성균에 감염돼 중환자실로 옮겨졌던 그날. 내 소식을 전하던 남편에게 엄마는 내게 서운했던 일화들을 한 시간 넘게 나열했다. 그리고 끝내 '연락을 하기 싫으면 하지 말라'는 말을 남겼다. 중환자실로 옮겨지기 며칠 전, 하루에 한 번씩 자신에게 전화해 나의 안부를 전하라던 명령을 거부한 게 화근이었다. 아픈 사람이 전화로 자기 안부를 직접 보고해야 한다는 걸 나는 납득할 수 없었고, 엄마는 그런 내가 괘씸했던 거다.

그로부터 5년이 흘렀다. 나는 더 이상 엄마에게 안부를 전하지 않는다. 그건 엄마도 마찬가지이다. 내 안에서 엄마를 끊어내는 과정에서 나는 수많은 고통을 겪고 헤쳐 나왔다. 그렇게 멀어진 정서적, 물리적 거리만큼 나는 안정을 찾아가고 있는 듯하다. 그러니까 내 배에 있는 선명한 베인 자국은 엄마와의 절연을 상징하는 실제적 형상이라고 할 수 있다.

한때는 엄마를 떠올리기만 해도 몸에 통증이 오고 구토 증상이 올라와 견딜 수 없이 힘들었다. 지난 시간 동안 엄마를 증오할 만큼 했고, 더 아플 수 없을 만큼 아팠다고 믿는다. '엄마'라는 단어 때문

에 끓어오르는 감정의 에너지도 많이 소진되었다
고 느낀다.

그래서일까. 요즘에 다시 엄마를 떠올린다.

연민이나 후회, 가여움 같은 종류의 감정은 결코
아니다. 엄마가 아니라 엄마라는 이름을 가진 한
여자를 기억하는 것에 가깝다. 소설 속 인물이나,
초등학교 1학년 때 담임 선생님의 얼굴을 톺아보듯
하는 것이다.

그 사람은 아주 멀리에 있고, 흐릿하지만 강렬하
게 느껴진다. 그는 수려한 외모를 가졌다. 풍성한
머리숱, 동산처럼 볼록하게 솟은 이마 아래론 콧날
이 유려하게 흐른다. 긴 속눈썹, 갸름한 얼굴, 깊은
눈매, 웃을 때 시원하게 트이는 입술, 여리한 어깨
와 오목한 쇄골, 아담한 키는 뭇 남성들의 마음을
흔들었다. 버스를 타고 내리면 으레 남자 몇 명 정
도는 따라올 정도로 인기가 많았지만, 그는 너무나
도도했기에 스물일곱 살이 되던 해엔 주변에 아무
도 남아있지 않았다. 80년대에 미혼인 27세 여성은

노처녀로 분류됐다. 여자가 '이대로는 안 되겠다, 결혼해야겠다'라고 결심했을 때 앞에 있던 남자는 웃음이 헤프고, 키는 멀대같은 대학생이었다. 어딘지 비어 보이는 구석이 있어 탐탁지 않았지만, 다른 사람을 알아보기엔 자신의 나이가 너무 많다고 생각했다. 결국 여자는 헤픈 미소를 믿어보기로 하고 웨딩마치를 울렸다.

시어머니는 없는 집 자식이라고 여자를 무시했다. 신혼여행에서 돌아오자마자 밥부터 차리라고 시켰다. 웃음이 헤펐던 남편은 허세도 헤펐다. 변변한 직장도 없이 사업을 하겠다며 떵떵거리고 다녔다. 남편이 시댁에 손을 벌려 사업을 시작하려고 하자, 여자는 시댁에 가서 무릎을 꿇고 돈을 빌려주지 말아 달라고 빌었다. 그러자 시어머니는 건방지다며 여자를 밀치곤 귀를 물어뜯었다. 그 당시 뱃속엔 딸이 들어있었다.

아이를 낳으면 정신을 차릴까 싶었지만, 남편은 인맥을 쌓는다며 날마다 지역 로터리 모임에 나가고, 가세는 계속해서 기울었다. 돈이 필요하면 남편은 아이를 할머니 댁에 맡겼다. 일종의 담보 같은 것이었다. 남편은 자신의 엄마가 손주를 반길거라고 생각했지만, 할머니는 애가 자신을 따르지 않는다며 못마땅해했다. 오래된 주택의 반질반질한 나무 마룻바닥은 밟을 때마다 삐걱삐걱 소리가 났다. 아이는 밤이면 불 꺼진 거실에 시퍼런 빛을 내는 어항이 무서워 내내 울다 잠이 들었다.

여자는 허세에 절어있는 남편과 지독한 시집살이 속에서 살아갔다. 사업을 한다던 남편은 어느 날 트로트 가수가 되겠다고 선언한다. 녹음을 핑계로, 미팅을 핑계로 집에 들어오지 않았다. 심부름센터에 남편의 미행을 의뢰했다. 경기도 어느 허름한 빌라에 다른 여자와 단둘이 들어가는 것을 본 여자는 벽돌로 남편의 차를 부순다. 소리치며 벽돌을 집어던진다. 유리 파편이 튄다. 새벽녘 사람들이 소리에 놀라 창문을 하나둘 연다. 남편과 함께 등장한 내연녀는 너무 못난 모습이었다. 뽀글이 파마머리의 퉁퉁한 아줌마의 모습을 보고 여자는 기가 막혔다. 도대체 저런 여자에게 뭐 때문에 홀렸느냐고 묻자, 남편은 엄마 같아서 좋았다고 답했다.

여자의 화는 활활 타올랐다. 기구한 여자의 인생
에 딸은 의젓하고 꽤나 어른스러워 퍽 믿음직스러
웠다. 여자의 마음을 다 이해해 줄 수 있는 존재였
다. 여자는 딸에게 가감 없이 속 얘기를 털어놨다.
남편에 대한 증오와 불륜의 과정, 갈기갈기 찢어진
자신의 심경까지. 딸은 가만히 앉아 들었고, 남편을
증오하는 데 기꺼이 동참했다.

여자는 딸이 있어 다행이라고 여겼다. 딸은 그
의 충실한 전사였다. 자신만큼이나 남편을 미워했
고, 여자를 대신해 남편과 싸워주었다. 눈에 불을
켜고 제 아비와 싸우는 모습은 여자에게 크나큰
위로였다.

어린 아들이 이혼을 반대했기에 여자는 별거를
택했다. 가장이 된 여자는 화장품 방문판매를 시
작했다. 처음 시작한 일이었지만 수완이 좋아 돈
도 많이 벌었다. 그러던 어느 날 암에 걸렸다. 보호
자가 없었기에 중학생이던 딸이 그 자리를 대신했
다. 딸은 여자의 치부와 고통을 다 알고 있는 유일

한 사람이었다. 여자는 아르바이트를 해서 용돈과
학비도 버는 딸이 기특했다. 자신이 강인하게 키운
덕이라고 생각했다.

여자는 홀어머니 밑에서 4남매 중 둘째로 자랐다.
'아비 없는 자식' 소리 들을까 봐 그녀의 엄마는 자
식들을 엄하게 키웠다. 정확히 말하자면 딸들만 엄
하게 키웠다. 여자는 참기름이 엄청나게 비싼 식재
료인 줄 알고 자랐다고 했다. 비빔밥에 넣을 참기름
을 사달라고 얘기했다가 등짝을 후려 맞았기 때문
이라고 했다. 학창 시절엔 점심 도시락이 없어 수돗
물로 배를 채우고, 학교 운동장 구석에 앉아 시간을
보냈다고 했다.

반면 남동생들이 깜빡하고 도시락통을 챙기지 않
으면 여자의 엄마는 버선발로 뛰쳐나가 기어이 손
에 도시락을 들려주었다고 했다. 준비물 살 돈을 달
랬다가 하숙생들이 보는 앞에서 따귀를 맞았다고도
했다. 여자의 엄마는 감방을 들락거리는 막내아들
을 끔찍이도 사랑했다고 했다. 여자의 엄마는 아들

을 사랑한다고 했지만, 정작 그 아들은 엄마가 하늘
로 갈 때까지 그 사랑이라는 이름의 올가미에 버거
워했다. 분노했다.

　여자는 자신의 엄마와는 다르게 딸을 잘 키워냈
다고 믿는다. 심지어 온전한 사랑으로 길러냈다고
믿어 의심치 않는다. 딸은 여자의 대외적인 자랑의
도구이다. 남들에게 이렇게 기특한 아이는 드물다
고 입이 마르도록 칭찬한다. 집에선 딸에게 늘 외
모를 지적하고, 딸보다 나은 딸들의 이야기를 슬
하게 들려주며 효도를 은근히 요구한다. 사회생활
에서 받았던 모든 울분과 부조리를 딸에게 쏟아낸
다. 여자는 딸이 자신의 이야기를 들어줘야만 한다
고 생각한다. 딸을 보면 이 아이를 키우기 위해 고
생했던 지난한 날들을 위로받고 싶어진다. 이 아이
를 세상으로 끄집어내느라 느꼈던 산고가 아직도
생생하다. 반면 세 살 터울의 어린 아들은 아직도
아기 같기만 하다. 세상의 어떤 부정적인 이야기도
그 아이에게는 다 숨기고 싶다. 하지만 여자에게는

인생의 풍파를 전가할 대나무숲이 필요하다. 딸을 붙잡고 부유하는 생각들을 뱉어낸다. 이만큼 아팠노라, 비참했노라, 죽지 못해 살았노라고. 모든 것은 너 때문이었다고.

그러나 어찌 된 일인지 딸은 클수록 통명스러워진다. 여자의 눈을 쳐다보지 않는다. 여자의 말을 귀담아듣지 않는다. 더 이상 그런 얘기는 듣고 싶지 않다고 말한다. 딸은 자신이 상처받았다고 말한다. 엄마로 인해 괴롭다고 절규한다. 여자는 결코 인정할 수 없다. 딸이 못 견디게 괘씸하다. 지난 모든 세월을 이 아이에게 보상받고 싶다. 이자까지 쳐서 받아내고 싶다. 딸은 계속 뒷걸음질 친다. 딸의 뒤편으로 절벽이 보인다. 딸은 끝없이 여자를 나쁜 사람으로 몰아간다. 화가 난다. 여자는 앞으로 앞으로 걷고 딸은 뒤로 주춤주춤 걷는다. 두 사람 모두 걸음을 멈출 수 없다. 두 사람 모두 서러워 견딜 수 없다. 모든 게 저년 때문이다. 내 마음도 모르는 저년 때문이다.

툭.

정신을 차려보니 앞에 아무도 없다. 절벽 아래엔 까마득한 어둠뿐이다. 엄마는 그런 사람이었다. 나는 여기에 서서 그 여자를 바라본다. 제 분을 못 이겨 딸을 절벽 끝으로 밀어버린 여자다.

정신과에 상담을 다닐 때 의사는 내게 삼십 년 뒤 엄마의 모습을 상상해 보라고 했다. 어느 요양병원, 바싹 말라서 볼이 패인, 쩍쩍 갈라진 주름, 다 빠져서 두피가 드러난 백발, 힘없는 표정, 감정 없는 눈빛, 주렁주렁 달린 링거, 소독약 냄새, 철저하게 혼자 남은 모습이 머릿속에 그려졌다. 상상이라도 동정은 들지 않았다. 바라봤다. 떠올릴수록 차분하고, 담담해졌다.

의사에게 전했다.

"충분히 그럴만한 모습이었어요. 한편 가엾기도 했지만 그건 일말의 양심이 조종하는 착각일 뿐이죠. 나를 이렇게 망가뜨린 사람이라면 그렇게 늙어

214

가야 한다고 생각했어요. 나중에 그 모습을 현실로 보게 된다 해도 저는 한 발짝도 움직이지 않을 것 같아요. 그게 제가 엄마에게 줄 수 있는 가장 큰 형 벌이겠죠."

그때는 그랬다. 정말 상상만으로도 통쾌함을 느꼈으니까.

그러나 5년이 지난 지금, 감정은 남아있지 않다. 엄마의 불행도 행복도 바라지 않는다. 그냥 한 번씩 머릿속에 동그랗게 떠오르는 엄마를 그저 바라볼 뿐이다.

그가 그일 수 있도록 그곳에 둔다.

잠깐만요,
천륜은 자식만의 몫인가요?

인스타그램 기반의 텍스트형 SNS인 스레드를 얼마 전에 시작했다. 대부분은 평어를 사용하면서 내밀한 이야기를 일상적으로 털어놓는 곳 같아 가벼운 마음으로 입문한 것이다. 스레드에는 익명으로 자신의 속 이야기, 상처를 고백하는 사람이 많았다. 나도 내 이야기를 털어놓았다. 브런치에서 시작했던 것과는 달리 조금 더 정돈된 마음 상태로. 나와 같이 부모로부터 정서적 학대를 받아 상처를 가진 이들을 만나고 싶었다. 당신만 힘들었던 것이 아니라고, 여기 나도 있다고. 대나무숲 같은 이곳에서 우리 같이 털어놔 보자고. 반응이 없으면 혼잣말하는 용도로라도 써야지 싶었는데 웬걸. 일주일

만에 800명이 모였다. 나의 담담한 고백 밑으로 각자의 기구한 사연들이 줄줄이 달렸다.

　세상에 이렇게 많은 어른아이가 있다니. 그 상처들을 가린 채 어른으로 사느라, 또 부모가 되어 사느라 애쓰는 모습이 참 가엽고도 대단해 보였다. 그렇게 모인 사람들은 서로의 글에 '좋아요'와 진심 담은 '댓글'을 달아주며 일주일 사이 꽤나 돈독해졌다. 벌써 익숙한 아이디가 생겼을 정도이니 말이다. 나와 나이대가 비슷한 삼십 대뿐만 아니라 사십 대, 심지어 육십 대 이상의 스친(스레드 친구)까지 연령대도 다양했다. 나이가 지긋하신 분은 내 엄마 또래임에도 마치 자기 자신의 이야기인 양 절절하게 공감하고 안타까워해 주었다. 심지어 남성들도 공감하며 댓글을 달아줘서 놀랐다. 본인의 경험이거나 여동생의 경험을 기억하기에 내 글이 남 일 같지 않더란다. 그러던 중 한 댓글이 눈에 띄었다.

　"그 시절 엄마들이 다 그랬다. 어린 가슴에 서운했겠지. 그래도 그 엄마 인생도 불쌍하다. 오죽했으면 그랬을까. 엄마들 늙으면 딸이 필요하더라. 그

래서 아들만 있는 집은 불쌍하다. 그래도 '천륜'이
라는 게 있는데 조금만 더 참으면 엄마는 할머니가
될 테니 그때 되면 꼬집고 괴롭혀 ^^."

　댓글이라는 건 누구나 자기 생각을 쓸 수 있으
니 그냥 넘어갈까도 했지만, 너무 모순적인 내용이
라 그러기 싫었다. 그래서 되물었다. 불행한 부모
가 아이에게 가하는 정서적 학대는 정당한가? 딸
은 부모 노후의 감정 쓰레기통이자 요양보호사인
가? 아들만 둔 부모는 왜 불쌍한가? 아들은 나이
든 부모를 살뜰히 모시지 않기 때문에? 할머니가
되면 꼬집으라는 건 늙을 때까지 참고 기다렸다가
복수라도 하란 뜻인가? 심지어 댓글을 단 이는 오
십 대 남자였다.

　자신도 아들이면서 아들만 둔 부모는 불쌍하다
고 말하는 사람, 자신은 부모에게 어떠한 노력도
가책도 느끼지 않으면서, 늙은 부모에겐 딸이 필요
하다고 어르듯 이야기하는 비겁한 사람이라니. 그
가 넌지시 딸의 인내와 희생을 강요해야만 하는 이
유는 그게 아들인 자신에게 이롭기 때문 아닐까.

이런 끔찍한 모순이 정서적 아동학대로 자란 사람들의 자아를 붕괴시키는 것이다. 그가 감히 갖다 붙인 '천륜'이라는 단어도 거슬렸다. 부모의 정서적 학대로 인해 원가정과 자신의 삶을 분리한 사람은 '천륜을 거스른 자'인가. 부모를 버렸다는 뜻인가. 전혀 그렇지 않다. 정확히는 버려졌다는 표현이 맞다.

부모는 자식의 지구이다. 대개의 자녀는 자신의 근원인 지구를 저버리고 다른 세계로 도망치고 싶어 하지 않는다. 왜냐하면 그곳이 자신에게 가장 안전한 곳일 테니까. 묻고 싶다. 부모라는 지구에서 도망쳐 본 적 있는지. 그러한 결심을 해본 적 있는지. 공기도 없는 곳으로, 중력도 없는 곳으로, 햇살도 없는 곳으로 기어이 가야만 살 수 있을 것 같은 감정을 느껴본 적 있는지. 이 세상으로 우리를 소환한 건 부모이다. 왜 어떤 이들은 '천륜'의 책임을 자녀에게만 묻는가. 여느 부모와 자식 간의 관계를 갈라치려 하는 말이 아니다. 그러나 지독한 '천륜'

으로부터 살아남기 위해 도망친 자들에게 누가 손가락질 할 수 있는가. 그 '천륜'을 지키는 건 우리를 이 세상에 소환한 부모의 몫이기도 하다.

　나는 엄마를 사랑했다. 어쩌면 지금이라도 내게 그동안 미안했다는 말 한마디만이라도 해준다면, 나는 와락 안겨 울지도 모른다. 엄마는 나의 지구였다. 나는 그 속에서 함께 영원히 사이좋게 지내고 싶었던 그저 작은 아이였을 뿐이다. 엄마와 함께 있으면 자꾸 죽고 싶어져서, 자꾸 쓸모없는 사람처럼 느껴져서 살기 위해 결혼했고, 도망쳤다. 그럼에도 스스로가 너무 싫었다. 세상으로부터 이해받지 못할 것 같아 두려웠다.

　엄마로부터 도망쳐야만 했던 이유를 매일 밤 울며 적어 내려갔던 건 내가 이 세상 사람이 손가락질하는 '천륜 끊은 자식'이 아니라 그저 정서적 학대로 자란 아이일 뿐이었다는 걸 증명하기 위해서였다. 두려움과 무서움, 서러움으로 지새운 수많은 밤을 지나 오늘에 이른 것이다. 누구도 나의 선택에, 나와 같은 상처를 가진 이들에게 손가락질할 자격은 없다. 이해할 수 없다면 지나가면 그뿐이다.

내 부모를 가슴 터지도록 사랑했기에 떠날 수 있었던 거다. 어딘가에 계실 내 부모가 부디 잘 지내시길 바란다. 나는 이제 독립해서 내 인생을 살고 있고, 부모는 저편 어딘가에 있을 뿐이다. 나는 '천륜'을 끊은 것이 아니다. 성인으로서 안전함과 행복을 찾아 독립한 것일 뿐.

자신의 세상 안에 갇힌 엄마를 내가 감히 바꿀수 없으니 그를 그 자신으로 살게 두고, 나는 '나'로서 살길을 선택한 것이다. 누구도 정서적 학대로 인해 고통받는 이들에게 죄책감을 강요할 수 없다. 부디 아픈 기억을 품은 채 살고 있는 많은 이들이 그냥 자기 자신으로 살 수 있기를 바랄 뿐이다.

엄마는 어쩌다
피해자에서 가해자가 되었나

　친정엄마를 내 엄마가 아닌 그저 한 사람으로만 들여다보면 그 역시 참 가여운 인생이다. 엄마가 아니라 이웃 아주머니로 만났다면 그의 기구함을 동정하며 가끔씩 맛난 음식을 나눠 먹는 사이로 지낼 수 있었을지도 모르겠다. 하지만 지금 내가 떠올리는 '엄마'라는 존재는 달 표면의 온도만큼이나 얼어붙어 있다. 지독한 편애 속에 자란 엄마는 그토록 서러웠던 편애를 그대로 대물림했다.

　'첫딸 밑에 아들은 200점'. 엄마는 본인이 200점 짜리라는 말을 입에 달곤 했다. 첫딸은 살림 밑천이고, 아들은 귀하게 키운다고 했던 말도 아직 선명하다. 자아가 제대로 발달하기 전이었기에 나는 멍청히 듣고만 있었다. 할머니 댁에 갈 때면 남동생은 슬그머니 안방으로 불려 갔다. 할머니가 "요놈 꼬추 잘 있나 보자" 하면 동생은 자랑스럽게 바지를 내려 자신의 성기를 드러내 보였다. 그러면 할머니는 "어이구 잘 있네." 하면서 입에 사탕을 넣어주거나, 꾸깃한 천 원짜리를 주머니에 찔러주었다. 나한테는 없고, 동생에겐 있는 것. 그것에 따라 사랑의 크기가 달라진다는 것을 어렴풋이 느낄 수 있었다.

많은 남매가 그렇듯 동생과 나는 죽도록 싸웠다. 서로에겐 그럴듯한 이유가 분명 있었을 것이다. 동생은 실컷 약 올려놓고는 엄마 뒤로 쏙 숨어 버리거나 엉엉 울면서 엄마에게 전화를 걸었다. 동생이 낼름 혀를 내밀어 보이면서 전화기를 건네면 언제나 고래고래 소리를 지르는 엄마의 목소리가 뿜어져 나왔다. 누가 먼저 때렸는지, 약 올렸는지는 중요하지 않았다. 언제나 문제의 원인은 '나'로 고정되어 있었으니까.

그런 정도의 편애는 당연하다고 여겼기에 크게

억울하지도 않았다. 첫째치고 이런 설움 없이 자란 사람이 얼마나 될까. 하지만 '엄마'의 존재가 고플 때면, 그러다 미워질 때면 꼭 그렇게 어릴 적 생각이 났다. 골고루 놓여있던 밥상의 반찬 그릇이 자꾸만 동생 쪽으로 쏠리던 광경, 학창 시절 내내 한 번도 가져보지 못했던 나이키 운동화를 계절마다 바꿔 신었던 동생의 신발들, 엄마가 동생 방에 숨겨두었던 과자들 같은 것들 말이다. 좀스럽고 구질구질한 기억은 불쾌한 냄새처럼 풍겨오곤 했다.

소리내어 말하면 너무 쪼잔해지는 그런 마음들. 시간이 지났으면 흐려지고 잊힐 법도 한데 그렇지 않았다. 모든 게 그저 기억이 아니라 상처였다는 거, 부모가 부모 노릇을 제대로 하지 못해서 생긴 흉이라는 건 우울증으로 과거의 기억이 파도처럼 밀려와서 숨을 쉴 수 없어졌을 때야 깨달았다.

엄마는 동정이 많은 사람이었다. 어린 남동생은 엄마의 가장 아픈 손가락이었다. 밥투정을 해도, 없는 살림에 자전거를 사달라고 졸라도, 이유 없이 짜증을 내고 방문을 쾅 닫고 들어가도, 엄마에게 차마 입에 담지 못할 말을 내뱉어도 엄마는 아들에게 미안해했다.

뉴스에서 군대 내 괴롭힘으로 죽음을 맞이한 한 군인의 사건으로 전국이 떠들썩했을 때 엄마는 몇 날 며칠을 눈물 바람이었다. "세상에 얼마나 아팠을까. 무서웠을까. 세상에 썩을 놈들, 그렇게 젊디젊은 애를⋯⋯. 착한 애를⋯⋯." 마치 자기 자식이 죽은 양 감정 조절을 제대로 하지 못했다. 식탁 모서리에 발을 찧었을 때는 '이렇게 부딪히기만 해도 아픈데 그 애는 얼마나 괴로웠겠니?' 하면서 내게 공감을 요구했다.

어째서인지 엄마의 동정은 늘 남자를 향했다. 길을 지나다가도 옷차림이 허름한 남자를 보면 불쌍하다고 했다. 그리고 일면식도 없는 그의 아내를 욕했다. 자기 남편을 초라하게 다니도록 했다는 이유에서였다. 참 이상했다. 스무 살이던 내가 아르바이트 텃세에 지쳐 매일 울며 집에 돌아오던 때에도 관심조차 주지 않았던 엄마였다. 몸살에 심하게 걸려도 약 먹으란 말 한마디가 다였던……. 심지어 출산 진통 중인 딸에게도 자신의 한탄을 늘어놓던 엄마였는데 말이다. 왜였을까. 내게만 엄마의 동정을 자극하는 스위치가 없었던 것일까. 한때는 사무치게 동정받고 싶었다. 내가 죽으면 후회해 줄까. 미안해 해 줄까,라는 헛된 희망을 품은 적이 있었다.

오늘 유튜브 알고리즘에 뜬 한 영상 '엄마가 딸의 상처에 무감각한 이유'*를 보고 어렴풋이 깨달았다. 엄마가 어쩌다 피해자에서 가해자가 되었는지. 영상의 내용은 모녀 관계를 조금 더 객관적으로 바라볼 수 있게 하는 큰 힌트가 됐다. 《딸은 엄마의 감정을 먹고 자란다》(유노라이프, 2020)의 저자인 박우란 정신분석 상담가는 엄마가 딸의 상처에 무감각한 이유를 심리학 관점으로 풀어 설명했다. 대개의 엄마들이 아들이 상처받은 것에 대해 더 연민하고 애틋하게 여기는 것에 대해서 그는 '편애'의 관

* https://www.youtube.com/watch?v=Jx-D_J3xfAc

점으로만 상황을 판단해선 안 된다고 강조했다.

그 말을 듣자마자 머릿속엔 물음표가 떴다. 편애가 아니면 무엇 때문에 그렇게 행동했던 거지? 그는 엄마가 딸의 상처에 대해서 무감하고, 반응 하지 않는 이유를 여성의 구조적인 문제에서 찾았다. 엄마는 딸을 '타자'로 보지 않고, 본인의 '연장선'으로 느끼기 때문에 딸을 소외시키는 것은 단순 편애의 문제가 아니라 여성이 자기 자신을 타자로부터 소외시키는 방식과 매우 유사하다는 해석이었다. 심리학에서 여성적 사고 구조의 특징 중 하나가 결여를 메우고, 타자를 돌보고자 하는 본능에서 기인하는 경우가 많고, 이 대상이 대개 이성인 남편에서 아들로 이어지는 경우가 많다는 것이다.

머릿속에 얽혀있던 실타래의 끝자락을 간신히 찾아낸 듯한 느낌이 들기도 했지만, 여전히 이상했다. 엄마가 그토록 아들에 집착하는 이유, 똑같이 배 아파 낳은 자식임에도 불구하고 차별하며 기를 수밖에 없었던 데는 그런 본성의 끌림이 있었던 것일까. 외할머니가 엄마에게 그러했듯, 엄마도 나에게 그럴 수밖에 없었던 것일까. 나도 아들을 낳는다면 그런 수순을 따를 수밖에 없는 것일까. 그렇다면 배 속의 아이가 딸이라는 사실을 알았던 순간부터 둘째는 없다고 선언했던 나는 본능적으로 현명한 선택을 한 것인지도 모르겠다. 엄마는 입 짧은 남동생이 밥 먹는 모습을 보면 '안 먹어도 배가 부르다'라고 말하곤 했다.

박우란 정신분석 상담가는 이러한 관용적 표현의 바탕에도 여성이 세상을 인식하는 특별한 방식이 깔려있다고 덧붙인다. 이를테면 여성은 에너지가 외부로 향해있어서 내가 배고픈 것보다 타자가 배고픈 걸 빨리 알아차린다는 것이다. 엄마가 자신의 배고픔도 느끼지 못할 만큼 스스로를 소외시키는 것처럼 여자인 딸도 본인과 동일시해 무감하게 대하는 경우가 많다고 한다. 모든 여성이 이러한 특성을 갖고 있다고 볼 순 없겠지만 수박 겉핥기식으로나마 엄마와 비슷한 사례에 대한 구조적 특징을 이해하는 것은 그간의 감정적인 억울함의 근원을 거슬러 올라가 보는 계기가 됐다.

'엄마가 딸의 상처를 바라보게끔 하는 방법'에 대해 묻자 그는 '거리를 두라'고 조언했다. 가까이 있으면 보이지 않는다는 것. 모녀 관계에서 필요 이상의 유착과 애착은 딸 입장에서 사이를 입체적으로 볼 수 없게 만든다. '그래도 가족이니까, 엄마니까, 기댈 곳이니까, 갈등이 싫으니까, 홀로 되는 것이 두려우니까……' 등의 이유로 병든 애착의 고리를 끊지 않으면 그 실체를 알 수 없다. 부정적인 상태나 두려움을 직면하고 충분히 겪어내야만 불행한 모녀 관계에서 벗어날 수 있다고 조언했다.

'그렇게 떨어져서 바라보면 엄마가 변할까요?'라는 질문에는 단호히 고개를 저었다. 그리고 타자가 변해서 내가 편안해지고, 덜 불행해질 수 있다는 기대는 포기하라고 조언했다. 그들이 변하기 어려운 건 그런 상황이 유지되었을 때 그들이 어떤 '은밀한 만족'을 느끼기 때문이라는 것이다. 엄마는 엄마다워야 한다는 믿음이 그런 변화에 대한 욕구를 받아들이지 못하게 한다고 했다.

엄마가 아니라 한 사람으로 두고 본다면 어렴풋

이나마 이해할 수 있을 것 같았다. 인간적인 측면에서 보면 모두 다 비슷한 인간이기에 크게 다르지 않을 것이다. 인간은 자기중심적이다. 결국 어떤 부모와 자식 관계에서도 말이다. 세상엔 그렇지 않은 가정이 훨씬 많을 테지만 이번 생에서 내가 뽑힌 가정은 불행히도 철저하게 존재를 타자화하는 집단이었던 것이다. 그렇게 이해하기로 했다.

그렇다면 엄마로부터, 즉 원가정으로부터 독립해 살아가는 지금이 이성적으로 합리적인 선택이라는 결론에 이르렀다. 이미 스스로 그렇게 생각하고 행동해 왔지만, 전문가의 이러한 견해를 확인할 때면 한시름 놓이는 것도 사실이다.

부모와 사이가 좋아야 할 필요는 없다. 왜 좋아야만 할까. 누구나 불쾌한 감정을 회피하고자 하는 성향이 있다. 안정적인 상태를 원하기 때문에 본능적으로 관계의 갈등을 외면하는 것이다. 부모가 불편하지만, 그것을 외연화 하지 못하고 잘 지내야 한다고 생각하는 사고의 기저에는 '상실'에 대한 두려움이 있다. 특히 아직도 유교 사상에서 벗어나지 못한 자아에서 발현되는 것들이다. 가족이 사라진다는 것, 혼자라는 것에 대한 두려움 등. 하지만 정말로 괴롭고 힘든 건 같이 있어도 외로운 경험이다.

또한 모든 문제는 상상 속에서 나타나는 것이 대부분이다. 관계가 파국으로 이른다 하더라도 모든 상황이 더 나은, 건강한 방향으로 나아갈 수 있다는 것을 지금의 나는 경험으로 안다. 이 깨달음을 얻기까지 나의 몸과 마음은 피투성이가 되었지만, 이제는 확실히 안다고 말할 수 있다. 우연히 눈에 들어온 유튜브 영상이 내 감정을 설명해 주었고, 지금껏 내가 밟아온 선택의 길이 부끄럽거나 잘못된 일이 아니었음을 확인해 주었다.

그리고, 피해자에서 가해자가 된 나의 엄마도 다시 한번 먼발치서 바라보게 되었다. 여전히 용서를 구하지 않는 이를 용서할 아량은 없지만 어쩐지 희부옇던 안개가 한 꺼풀쯤 걷힌듯 했다.

나와 같은 상처를
마주한다는 것

얼마 전 '유퀴즈'(233화)에 배우 김남주가 나온 편을 봤다. 불우했던 어린 시절을 담담하게 고백하려 애쓰는 그녀의 모습에서 서글픔이 묻어났다. 아주 어릴 적에 아버지가 돌아가셔서 부정(父情)을 느껴보지 못했다는 그녀는, 남편이 아이들에게 잘하는 걸 보면 부럽기도 하지만 정말 기쁘다고 했다. 자신이 받지 못한 사랑을 아이들에게 줄 수 있어서 기쁘며, 아빠라는 존재가 얼마나 큰지 알기 때문에, 행복한 가정을 제공하고 지켜줄 수 있다는 것만으로도 뿌듯함을 느낀다고 했다. 그녀는 본인이 일군 가정 속에서 자신의 결핍을 충족시키며 현실을 가

꿔나가고 있었다. 나와 같은 사람이 또 있구나. 세상 화려해 보이는 배우의 내면에도 그늘은 있었구나 싶었다. 그의 담담한 고백만으로도 뭉클해져 눈가가 아릿했다.

요즘 스레드(SNS)를 통해 다양한 사연을 접한다. 부모에게 당했던 정서적 학대를 고백한 나의 글 밑으로 나와 비슷한 종류의 가여운 사연이 댓글로 달린다. 내가 느꼈던 그 지난하고, 지독한 감정을 똑같이 아는 이들이었다. 누군가 이런 이야기를 해주길 기다렸다는 듯 토로하는 글을 보면 여러 감정이 교차한다. 세상에 나 혼자만 불행한 게 아니었다는 안도 뒤엔, 어째서 이렇게 많은 이가 가정 속에서 불행한 것일까, 어째서 이 사람들은 내 마음에 공감한다고 하는 것일까, 궁금해지며 가슴이 아리다.

3년 전쯤 처음으로 엄마에 대한 원망의 마음을 주제로 SNS에 글을 쓰기 시작한 건 나와 비슷한 상황을 겪은 이에 대한 글을 보고 싶었기 때문이다. 나만큼이나 엄마를 사랑하고 처절하게 미워하고,

도망 쳐본 사람이 세상에 또 있을까 두리번거려봐도 속 시원히 알려주는 사람이 없었다. 전문가들도 언제나 '부모와 거리를 두는 선택은 당신의 몫'이라고 선을 그었다. 그러나 애타게 찾은 건 그런 원론이 아니었다. 내게 달리는 수많은 댓글도 '듣고 싶었던 말'을 찾아 헤매다 이리로 닿은 것일까.

'엄마'라는 굴레가 너무 힘들면, 도망쳐서 당신부터 살라고 말해주는 사람이 아무도 없었다. 마음껏 미워하라고, 더 이상 미워할 수 없을 만큼 죽도록 미워하라고 말하는 사람은 아무도 없었다. 그래서 쓰기 시작했다. 쓰는 일은 후련하기도 했지만, 두려운 일이기도 했다. 하지만 당시에는 쓰지 않고는 버틸 수가 없었다. 글자 뒤에 숨어 내 오장육부를 다 드러내 버린 것이다. 이런 글을 누군가가 기다리고 있을 거라곤, 용기를 얻을 수 있을 거라곤 차마 생각지 못했다.

토해내듯 글을 쓰다가 꽤 오랜 시간 멈췄던 것도 그런 이유 때문이었다. 한때는 과거에 매몰된 채 써 내려간 글이 지저분한 방처럼 느껴진 적도 있었다. 그러나 이제는 마구 어질러놓은 내 방에 어떤 이들은 기꺼이 찾아온다. 나도 이만큼 엉망이었노라고, 그래도 살아냈노라고, 당신을 보며 위로를 얻는다고, 당신처럼 살아내 보겠노라고 고백한다. 이보다 더 큰 감동이 있을까.

요즘 나는 다른 이들의 말에 되레 용기를 얻는다. 세상에 펼쳐 보일 나만의 메시지를 찾은 듯도 하다. 내가 괴로울 때 너무나 듣고 싶었던 말, 아무도 해주지 않았던 말을 세상의 많은 '나'에게 전하고 싶다. 한 배우의 고백이 아직도 내 마음을 시큰하게 하는 것처럼, 내 글도 누군가에게 가 닿을 수 있으면 좋겠다.

엄마를 버렸고,
나를 찾았고

나는 엄마를 사랑했다. 엄마도 한때는 나를 사랑했을 것이다. 어쩌면 지금도 나를 사랑한다고 믿고 있을지도 모르겠다. 어린 시절부터 지속되어 온 정서적 학대의 정도로만 따진다면 아마 나보다 더한 사람들도 많을 테다. 신체적으로 학대받은 사람들은 말할 것도 없고. 그렇다면 내 지난한 세월은 상대적으로 그에 비해 작은가. 그렇지 않다. 본인의 상처는 항상 절대적이니까.

어찌되었건 나는 내 상처의 크기를 누구와도 비교하지 않고 온전히 나의 선택으로 내 친정과 완전히 결별했다. 완전한 결별을 선언해 놓고도 지난 5

년 동안 내 마음은 편하지 않았다. 후련하다 믿고 싶었지만, 한편으론 마음에 물때가 낀 듯 개운하지 못했다. 그러나 과거로 돌아가 백 번을, 천 번을, 아니 만 번을 생각해도 다른 선택의 여지는 없었을 것 같다.

내가 선택하지 않은 부모로부터 강제로 세상에 소환되어 왔지만, 앞으로 내 삶은 내가 선택해 나갈 거다. 누군가의 수군거림, '아무리 그래도 그렇지 엄마를 손절하는 독한 사람이 어디 있느냐'는 무형의 손가락질에 밀려나지 않기로 마음먹었다.

'나는 당신보다 더 혹독한 상황이었지만 내 부모를 버리지 않았다'라고 말하는 이가 있다면 묻고 싶다. 그래서 당신은 행복했냐고, 그래서 세상이 살 만하더냐고. 그래서 당신은 부모를 사랑했느냐고.

나는 나처럼 상처받은 어른아이를, 나보다 더 아팠던 어른아이들을 위해 미약하나마 메시지를 전하기로 했다. 그들의 이야기를 모으고, 도닥이면서 더 많은 어른 내면의 아이를 세상 밖으로 데리고 나올 거다.

　'어떻게 엄마를 버리느냐고, 어떻게 어려운 상황 속에서 그래도 먹이고, 입히고, 재워가며 키워준 사람과의 연을 끊을 생각을 하냐고.'

　사실, 이렇게 나를 제일 많이 욕했던 건 나 자신이었다. 그러나 긴 시간 고민하고, 생각하면서 깨달았다. 내가 아이를 키워보니 더 잘 알겠더라. 말랑하고 보드라운 이 아이가, 실오라기 하나도 걸치지 않은 채 맨몸으로 우주에서 날아온 이 아이가 여간해선 나를 버릴 리 없다는 걸…….

　먼 훗날 아이가 내가 밉다고, 나를 떠나려 한다면 나는 무릎을 꿇고, 머리를 바닥에 찧어가면서라도 사과할 거다. 무턱대고 세상에 불러내 물질 아닌 마음도 못 채워준 못난 어미를 떠나는 마음이 얼마나 슬픈지 내가 제일 잘 아니까.

　내가 엄마니까, 나도 엄마니까 이젠 당당할 수 있다. 다복한 가정의 딸이자, 사랑받는 아내, 사랑 많은 엄마, 능력 있는 사회인으로서 이 세상에 한 자리 채울 수 있었다면 좋았겠지만. 이미 전제부터 틀렸으니 나는 한 가정의 딸이라는 무거운 짐을 내려놓고, 엄마와 아내, 사회인으로 남은 생을 살아볼 테다.

그러니 이 글을 보고, 가슴이 일렁이는 당신도, 부디 가시덤불 같은 가정을 벗어나 세상으로 박차고 나갈 용기가 생기길.

내 글에 그런 힘이 깃들 수 있길.

DR mystory.02

엄 마 를
미 워 해 도
괜 찮 아

초판 1쇄 2024년 10월 9일

지은이 김윤담
발행인 박혜진
편 집 이노아
디자인 김성엽

펴낸곳 다람
출판등록 2012년 6월 29일 제2012-000034호
주소 서울시 광진구 아차산로 378, 3층
전화 02-447-0879 | **팩스** 02-6280-3748
전자우편 darambooks@gmail.com
홈페이지 www.darambooks.com
인스타그램 @darambooks

ISBN 979-11-93646-04-5 03810